「まさか先輩が、男の人と一緒に歩いてるなんて——！」
兎《う》山《やま》来《くる》羽《は》
七人のこびとたちに所属しているアイドルで、こいろの後輩。どうやら、こいろを探していたらしく……
「く、来羽ちゃん……」
根来《ねごろ》学道《まなみち》
堕落を勉強中のがり勉高校生。
真倉《まくら》こいろ
常時パジャマ姿の堕落大好き女子高生。

二人で
パジャマ
ファッション
ショー！

真倉は俯き、自分の立ち位置を
確かめるように足を少し動かした。
それから一度深呼吸をして、
前を向く。
「いきます」
そう静かに口にした。

無防備かわいいパジャマ姿の美少女と部屋で二人きり 2

叶田キズ

HJ文庫
1173

口絵・本文イラスト　ただのゆきこ

CONTENTS

❶体操服の美少女とベッドで二人きり

体操服姿の女の子を、こんなに可愛《かわい》いと思ったのは初めてだった。

我《わ》が森西《もりにし》高校の体操服は、上下とも濃《こ》い青のコットン生地《きじ》。袖《そで》のラインがワンポイントになってはいるものの、生徒の間ではその色味から紫《むらさき》ナスのコスプレと呼ばれ非常に不評である。

ただ、そんな体操服も、彼女《かのじょ》が着るとなんの違和感《いわかん》も紫ナス感もない。

似合っているという意味ではない。彼女の顔、髪《かみ》から放たれる輝《かがや》きに目を奪《うば》われ、服の方に気が回らなくなるというか。例えば女優さんが学生の役で体操服を着ていたとして、いくらその服がダサくても、まぁそういう役のために着せられてるんだなーと全く気にならないような、そんな感覚。

南校舎の一階端《はし》、保健室の奥《おく》にいた真倉《まくら》こいろは、俺《おれ》が訪ねてきたのに気づくと、体操服の袖から指だけ出しながら軽く手を振《ふ》ってきた。

「やぁ！　きてくれたんだ」

「ああ」

「いらっしゃいいらっしゃい。どうぞくつろいでって」

「ここはお前の部屋か……」

俺がそうツッコむと、真倉は嬉《うれ》しそうにふふっと笑う。

なんだか懐《なつ》かしいようで、一方で新鮮《しんせん》でもあるような。学校の保健室で彼女とそんな会話をしているのは、とても不思議な気分だった。

「ここのね、ベッドのカーテンで見えなくなってるところ、わたしのスペースにしてくれたんです」

「ほぉ」

運動場沿いの通路に面した窓際《まどぎわ》に、机が一台置かれている。後ろにはベッドを囲うカーテンがあり、保健室の入口からは死角になっている。ここが真倉の席になったらしい。養護教諭《きょうゆ》の配慮《はいりょ》で、保健室にきた生徒から見えない位置にしてくれているようだ。

「中々いいな。陽が当たって」

現在、午後一時一〇分。昼休みの保健室には、柔《やわ》らかな日差しが差しこんできている。

「そうなんですよー。ぽかぽかで、良質な睡眠《すいみん》がとれます」

「おい、ちゃんと課題やってるのか？」

「ん？　やー、あはははー」

「誤魔化《ごまか》し笑い下手か……」

こんなところでも堕落《だらく》しているとは。おそるべし堕落教教祖。

「養護教諭はいないのかよ」

「そうですねー。基本的にはいるんですが、保健室にきた生徒さんの対応で忙《いそが》しくしてたり、なんか他にもいろいろ雑用があったりするみたいで、わたしの方に構ってる暇《ひま》はないようです。ちなみに今はお昼ご飯に行ってる」

「そんな感じか……。じゃあ中々自由なんだな」

「そう！　お菓子《かし》持ちこんでも全然バレてません！」

「お前、具合悪くて寝《ね》る人もいるとこで……」

完全に第二の自分の部屋のようになっていた。呆《あき》れると共に、少し安心もする。

「まぁ、なんとかうまくやれてるみたいだな」

そう俺が続けると、

「とりあえず、保健室登校仲間がいなくてほんとによかったです」

言って、真倉はやはははと小さく笑ってみせた。

確かに、それは真倉の言う通りなのだろう。この保健室の角っこが一人で使えている状況だからこそ、真倉の保健室登校は成立している。人になるべく会わないよう、トイレに行くのも廊下《ろうか》から人気《ひとけ》が消えた授業中だけにしていると話していた。

「まぁまぁ、座《すわ》りなよ」

真倉は立ち上がり、目の前のカーテンを開け、現れたベッドに腰《こし》かける。それからぽんぽんと、白いシーツを叩《たた》いてみせてきた。

隣《となり》に座れということだろう。

「いや、俺はここで大丈夫《だいじょうぶ》だ」

俺は少し遠慮《えんりょ》してしまった。

真倉の部屋と違《ちが》い、シーツ、枕《まくら》、布団《ふとん》、全てが真っ白なそのベッドは、なんだか腰を下ろすのが躊躇《ためら》われる。

「えー、学道《まなみち》くんだけ立ってるの変じゃん。気になりますし」

「そうか……?」

しかし、真倉が唇《くちびる》を尖《とが》らせてこちらを見てくる。ここで意地を張るのもおかしいと思い、俺はベッドに歩み寄った。

なぜか妙《みよう》なところに意識が向いて、俺はベッドのきしみが最小限になるよう恐るおそる腰を下ろす。

それでもぎしっと音がして、真倉の肩《かた》がかすかに揺《ゆ》れた。

「…………」

「…………」

あれ……。

座る場所、間違《まちが》えただろうか。

横を向くと、真倉の顔がすぐ近くにある。なんだかその距離《きょり》で目が合うのが恥《は》ずかしくて、俺は背筋を正して前を向いていた。真倉も同じ感覚なのだろうか。無言で前を向いたまま、たまにちろっとこちらを窺《うかが》ってきているのがわかる。

このくらいの距離感、彼女の部屋では何度も味わったことがあった。だからこそ、この場所に座ったのだが。

だけど今日は、妙にそわそわしてしまう。

保健室という公の空間だからだろう。しかも、みんなが使うため綺麗《きれい》に整えられた、真っ白なベッドの上で……。べ、別にやましいことはしていないのだが。

そんなことを俺が考えていたときだ。

がらり、と、突然《とつぜん》保健室の扉《とびら》が開いた。

俺は思わずびくっと身を硬くしてしまう。隣では真倉もぴょんと肩を跳《は》ね上げさせていた。

「すいませーん。……あれ、すいませーん。……先生いないのかな」

女子の声だった。どうやら保健室に用があり、扉を開けて養護教諭を捜《さが》しているようだ。

まずい……。

横を見れば、真倉は俯《うつむ》き気味にきゅっと口を結び、じっと女子生徒が去るのを待っている。

絶対に、人がいる気配を察知されてはならない。

真倉の姿を見られるのも避《さ》けなければならないが……それよりもこの、体操服姿の美少女とベッドで二人きり、という状況《じょうきょう》の禁忌度《きんきど》が高すぎて、見られたら多分社会的に死ぬ。

俺も息をひそめていると、しばらくして扉の閉まる音がした。

俺たちは二人揃《そろ》って、ふぅーと息をついた。

「び、びっくりしたー」

真倉が胸を撫《な》で下ろしながら、俺の方を向く。

「ほんとに。寿命《じゅみょう》縮んだな」

そう俺が何気なく選んだ言葉を、

「うそ、何年くらい？」

真倉がそんなふうに拾ってくる。

「多分今のは一年くらいは持っていかれたんじゃないか」

「い、一年⁉　くぅー、長生きするのが目標なのに。一年はでかすぎるー」

「時間は取り戻《もど》せないからな」

「わ、わたしの堕落時間が……」

「どうせだらだらするだけだった⁉」

俺のツッコミに、真倉があははと笑う。俺も釣《つ》られて、ふっと頬《ほお》を緩《ゆる》めた。

よくある俺たちの冗談《じょうだん》のやり取りだ。ようやくいつも通りの時間が流れだしたようで、俺は安心する。

夏休みが明け、今日が登校二日目だった。

朝、保健室によって軽く挨拶《あいさつ》はしていたのだが、あまり時間がなく、こうしてまともな会話をするのは、今日はこれが初めてだ。

これまでは彼女の家で長時間、二人ですごすのが当たり前だったからか、お昼に顔を見たのが随分《ずいぶん》と久しぶりに感じた。

ただ、どちらかといえば、これまでの夏休みが非日常で、俺たちにとっては学校に通う日々の方が日常なのだ。いずれはこの感覚にも慣れていくのだろうか。

いつの間にか、昼休みは残り一〇分ほどになっている。

何か話しておかなければと思った俺は、口を開きかける。すると同時に、真倉も声を発していた。

「ねね、学道くん、今日塾《じゅく》です？」

「塾？　あー、そうだな。どうしてだ？」

今日は金曜日、塾の授業がある日だった。

「そっかー。や、えと、ちょっと、一緒《いっしょ》に帰れないかなーなんて思ったり」

真倉は目を逸《そ》らしながらそう言い、ちらりと俺の顔を見てくる。

「いいぞ。塾行くまでの寄り道にちょうどいいし」

「やった！」

最悪、塾をサボることもできるのだが、こんな何もない平日までサボりだしてしまうと、一気に何かが崩《くず》れてしまう気がする。

いざというときは、サボる方法がある。この前真倉といった旅行で、それを学べたことで、なんだか心に余裕《よゆう》ができていた。

そんなことを考えつつ、俺はもう一つ別に気になったことを真倉に訊《たず》ねる。

「でも、一緒に帰って大丈夫なのか？」

実は、二学期が始まる前、学校ではこっそり会ったりはしつつも、男女二人で一緒にいて目立つことは避けようと話し合っていた。

特に真倉みたいな美少女が男と一緒にいると、こんなカップルいたのかと嫌《いや》でも注目されてしまう。それは彼女にとって悪い状況だろう。

俺にとっても……なんでこんなイケてない奴《やつ》に、あんな美少女が……？　と、男子たちの怒《いか》りの視線に刺殺《しさつ》されてしまう可能性が大で、恐《おそ》ろしいことには変わりない。

そんな俺の抱《いだ》く危惧《きぐ》を、真倉もわかっているのだろう。

「むぅ」

そう短く声を漏《も》らし、ほんの少しだけ下唇《したくちびる》を突《つ》き出した残念そうな表情を浮《う》かべた。

その顔を見つつ、俺はしばし思案する。

「……じゃあ、そうだな。学校終わってすぐ、誰《だれ》もまだ帰り始めないうちに校門を出て、少し離《はな》れたところで待ち合わせ。そこから人通りの少ない裏道で帰るっていうのはどうだ？」

真倉がはっと目を丸くし、こくこくと何度も頷《うなず》く。それから眩《まぶ》しい笑顔《えがお》を咲《さ》かせた。

「はいっ！　そうしましょう！」

やっぱり彼女は笑っているのが似合う。

そして彼女を喜ばせることができたときは、俺もじんわりと体内に熱が広がるような高揚感を覚えるのだった。

＊

まだ制服は夏服だが、最近外を歩いていても汗《あせ》をかくことはなくなった。夕方だからだろうか、今は頬にあたる風が涼《すず》しくて心地《ここち》いい。

初めて学校から真倉の家まで歩いた日は、猛暑《もうしょ》中の猛暑で、灼熱地獄《しゃくねつじごく》の中干物《ひもの》気分を味わいながら歩いたのを思い出す。まだ数ヶ月も経《た》っていないはずだが、遠い昔のような気がした。

「こっちの道を行けば、回り道だけど、学校の人はほとんど通らない」

「わお、こんな裏ルートがあったんですね！　さすが学道くん」

真倉と合流してすぐ、俺はメインの通学路を外れ、脇道《わきみち》へと足を踏《ふ》み出した。住宅街のワンブロックを抜《ぬ》けると、辺りに田んぼが広がる。夕陽《ゆうひ》を浴びて黄金色《こがねいろ》に輝く稲穂《いなほ》が、さらさらと揺れていた。

真倉が歩きながら両腕《りょううで》を広げ、ふぅーっと深呼吸をする。

「やー、疲《つか》れたねー、学校ばっかしで」

「大丈夫か？　まだ夏休み明けだぞ。来週からは月から金まで五日間だ」

「それもう実質社会人じゃないですか無理ー……」

力が抜けたようによたよたとした歩き方になる真倉。

「本当の社会人に怒《おこ》られるぞ」

そう俺が言うと、「すいませんでした！」とぴしっと姿勢を正す。

「でも、学道くんはそれに加えて塾も行くんだもんねー。すごすぎ」

「まぁ、もうすぐ全国模試があるからな」

今回俺は、まだ高一だが大学受験を想定し、高三生・高卒生対象の共通模試を受ける予定だった。一応、最近は毎日、その対策の勉強をしている。

そんな、今自分の取り組んでいることを真倉に話してみたはいいが……、

「もし？　……もしもし？」

いまいち伝わっていないようだった。

「難しいテストみたいなもんだ。自分のレベルを測りつつ、みんなで点数を競《きそ》い合う一面もある」

「そうなんだ！　え、頑張《がんば》ってください！　マジで」

ただ、わからないながら応援《おうえん》してくれているよう。その気持ちは受け取って、俺は苦笑《くしょう》

しながら「ありがとう」と答えた。

「あ、でも、それじゃあ明日は……」

言って、真倉がこちらを振り向く。

「いや、それは問題ない。息抜《いきぬ》きも必要だからな」

実は今週の土曜日は、真倉に家に誘《さそ》われていた。「久々にうちでゆっくりしませんか？」と。二学期が始まってからは一度も行けていなかったので、本当に久しぶりな気分だ。

一昨日からしていた約束だし、もちろん行く。というより、そもそも、来月模試があることは以前からわかっていた。それを踏まえた上でも、彼女の誘いは断らなかったわけで……。

「……ん？」

何やら視線を感じて横を見ると、真倉がにやにやとした顔でこちらを見ていた。

「ふーん、なるほどなるほど。やっぱし学道くんも、堕落が恋《こい》しくてしょうがないってわけですねー。夏休みですっかりハマったみたいだね！」

「別にそういうわけじゃ……」

「んー？　素直《すなお》になっていいんですよー？」

真倉はそう言うが、本当に誤魔化しているわけではない。堕落したいわけではないのだ。

ただあの部屋、あの落ち着く空間に、夏休みが終わるとすっぱり行かないというのは、少し寂《さび》しい気がして……。

しかしそれはそれで言葉にするのが恥ずかしく、俺は思わず口籠《くちご》もってしまう。そんな俺を見て、真倉はにししと楽しげに笑っていた。

「というか、熊田《くまだ》先生に頼《たの》まれてるからな。冬休み、また補習にならないように、真倉のところに行って赤点回避《かいひ》できるよう面倒《めんどう》見てくれって」

真倉の顔が青ざめる。

「ま、またあの勉強三昧《ざんまい》の苦痛の日々ですか⁉　つ、辛《つら》いです」

「あの、ってなんだよ。お前、夏も大して勉強してなかっただろ」

「わたしなりにはとんでもない努力をしてたんですよー。あ、明日の土曜日だけはお許しを……」

「まぁ明日はな……。まだ二学期も始まったばっかだし」

「さすが！　話のわかる学道くんです！　――あ、ここの道わかります、ほんとにウチの方に繋《つな》がってるんだ」

いつの間にか、真倉の家のすぐ近くまでやってきていた。一つ角を曲がると、真倉の住む二階建てのアパートが見えてくる。

「じゃね、学道くん。今日はありがと」

「ああ」

俺が頷くと、真倉が手の平をこちらに見せながら敬礼をした。

「また明日！」

彼女がアパートの階段をのぼり、部屋の前に着くまで見送って、俺は次の行き先へとつま先を向ける。

塾の授業へと向かう足が、なんだか今日は軽かった。

❷堕落の神髄

放課後真倉《まくら》と下校した日の翌日、土曜日。

俺は昼ご飯を家で食べたあと、真倉の部屋へと足を運んだ。

インターホンを押《お》すと、何やら中からドタバタと慌《あわ》てる音が聞こえてくる。少し待っていると、がちゃんと鍵《かぎ》を開ける音がして、ぎぎぎっとドアが動いた。

「おいすー、おはよー」

ドアの隙間《すきま》から顔を覗《のぞ》かせた真倉は、はぁはぁと少し息を切らしていた。

「おそよう、急いで起きてきたのか?」

「あ、失礼な。しっかり起きてたよ！　めちゃめちゃ部屋散らかしちゃってたから、急いでばばっと片づけたの。ごめんごめん」

言いながら、真倉がドアを全開にしてくれて、俺は玄関《げんかん》へと足を踏み入れた。

廊下に立つ今日の真倉は、黒色と白色の太いボーダーのパジャマ姿だった。パイル生地のセットアップで、上はフード付きのパーカー、下はホットパンツという組み合わせになっており、その下にはすらりとした白い足が伸《の》びている。

思わずそのパジャマ姿に目を留《と》めてしまった俺を見て、真倉が言う。

「ふふん、まだまだパジャマ生活、継続《けいぞく》中です！」

鼻を鳴らし、どこか得意げだ。

夏休みに始めたパジャマ生活を、真倉は今も続けている。学校の体操服をパジャマとして着て登校しているところなど、少々無理やり感もあるが、彼女が彼女の意思でやっていることなので俺は応援したいと思っている。

しかし、久しぶりに見る本物のパジャマ姿は……絶対に声には出せないが、正直可愛い。やはり何を着ても似合ってしまうようだ。少し露出《ろしゅつ》が多く、近くにいると未《いま》だにドキドキしてしまうことがあるのだが。

「入っていいのか？」

「うん！　どうぞどうぞー」

真倉に招き入れられ、俺は玄関で靴《くつ》を脱《ぬ》いで廊下へと上がった。

すると、いつもすっきりとしている室内に、服や雑貨が散らばっている。夏服のTシャツ類をはじめ、コートやジャケットなどの秋冬服、クマの大きなぬいぐるみ、有名テーマパークのロゴの入った写真立て、お鍋《なべ》やポットなんかの調理器具まで。

普通《ふつう》に散らかったとは考えづらい。

「大掃除《おおそうじ》でもしてたのか？」

俺が訊ねると、真倉が「いやー」と頬を掻《か》く。

「これ、昔着てた服とか、いらなくなった物をフリマアプリで売ってたんです。学道《まなみち》くんくるまでに綺麗にしようと思ってたんだけど、すごいいろいろ出しちゃって。座るところだけささっとスペース作ったんだけど」

「へぇ、フリマアプリ。そういうのやったことないんだが、結構売れたりするのか？」

「はい！　先週からやってるんだけど、もうさっそく収入ありますよ！　ほら、一生お部屋生活を目指すなら、どんな形であれお部屋でお金を作ることから始めないと！」

パジャマは売らないですけどねー、と言って、真倉は笑う。

「なるほど。頑張ってるな」

「はい！　目指すは公務員並みの安定感のニートです！」

「それはなんというか……ニート界のエリートだな」

「あははは。ニート界の王にわたしはなりたい！」

そんな冗談を交《か》わしながら、俺たちは並んで腰を下ろす。すっかりいつもの定位置になっている、ベッドの前だ。

「ん？　あれはなんだ？」

ふと、テレビ台の脇《わき》に置かれている半透明《はんとうめい》のポリ袋《ぶくろ》が気になって、俺は訊ねた。ゴミ袋くらいの大きさの袋の中に、何やらカラフルな布のようなものがたくさん入っているのが見て取れる。

「あー、あれ、アイドル時代に着てた衣装《いしょう》だよ。おしいれの奥からいっぱい出てきて」

「ほう。売るのか？」

「売らないですうらないです。フリマアプリなんかで売ったら、すぐに鎌倉《かまくら》こゆなのアカウントだってバレちゃうだろうし」

「あー、そりゃそうか」

コアなアイドルファンが見れば、鎌倉こゆなが着ていた衣装なんて一発で見抜《みぬ》けてしまうのかもしれない。失踪《しっそう》したアイドルが当時の衣装をネットで販売《はんばい》……。真倉レベルのアイドルであれば、また大きなニュースになってしまうだろう。

「かと言って、中々捨てられないんだけどねー」

そう言いながら、真倉が腰を浮かせて袋に手を伸ばす。袋を引き寄せると中から服を一着取り出した。

青と白が基調となった、ワンピースタイプの衣装だった。細いウエストに、ふわりと膨らんだスカート、胸元《むなもと》にはひらひらとしたレースのリボンがついている。

真倉は膝《ひざ》立ちになり、その服を身体にあわせて見せてきた。

「ど、どうかな？」

「おぉ、似合ってると思うぞ」

「ほんと？　やー、やははは、なんか恥ずかしいな」

自分でやっておいて、なぜか照れている真倉。服を胸の前から下ろし、丁寧《ていねい》に畳《たた》む。

パジャマ姿で、もっと生地面積の少ない服装も見たことはあるのだが……。それとは別の恥ずかしさがあるようだ。

「よく着てた衣装なんじゃないのか？」

「そう。そだよ。けど、こうして一人の男の子相手に見てもらうことなんて初めてだから……」

「お、おう……」

それが照れる要因になるものなのかはわからなかったが、こうしてどこかもじもじしながら伝えられると、なんだかこちらも恥ずかしくなってくる。

初めて、なんだな……。

俺は畳まれたアイドル衣装を、再びまじまじと見てしまう。

「あと、もうわたしアイドルじゃないから、コスプレになっちゃうし」

「あー、まぁ、それもそうだが。……それも恥ずかしさの原因か？」

俺がいまいちピンときていないのを見て、真倉が続ける。

「ほら、高校卒業した女の人が、大人になって制服着てみるー、みたいなさ。そわそわする感覚。さとみちゃんだったら多分わかってくれるはず」

「先生、女子高生のコスプレしてるのか」

「あ、やば、内緒《ないしょ》だったかな……？　あの、あれだよ、昔、彼氏《かれし》さんに頼まれてやったことある、とかだよ？　決して趣味《しゅみ》とかではなく」

「なんか語るに落ちてるぞ……」

熊田《くまだ》先生……。知らぬ間に大変な秘密暴露《ばくろ》されてますよ……。

真倉は誤魔化すようにこほんこほんと咳《せき》をする。

「さ、ゲームげーむ。やりますよね？　どうします？　対戦系？　ＲＰＧ？」

言いながら、畳んだアイドル衣装を袋に戻した。

「そうだな。対戦だったらどんなのがある？」

もう使わない、アイドル衣装。当時は苦い思いもしたと聞いているが……この服を捨てられないということは、ほんの僅《わず》かな思い入れがまだあるのかもしれない。

俺は真倉と話しつつ、密《ひそ》かにそんなことを考えていた。

＊

俺たちは三時間ほど、二人でゲームを楽しんだ。ミニゲームを遊びつつ、すごろくでコインを増やすパーティーゲーム。実力は経験者の真倉の方が上だったが、初心者でも遊びやすい内容かつ運も味方につけ、俺もそれなりに真倉に食《く》らいつくことができ、勝負は拮《きっ》抗《こう》した。

「ふー、終わったー！」

勝負の結果発表が終わり、ゲーム画面はエンディングムービーに切り替《か》わる。するとコントローラーを床《ゆか》に置いた真倉が、人をダメにする系のクッションにぼすんと飛びこんだ。

「くそう、あとちょっとで勝てると思ったんだが……」

「くっくっくっ。わたしに勝とうなんざ一〇〇年早いってやつだよ。しっかり健康で長生きして出直してきな」

「ちゃんと一〇〇年後に再戦予定⁉」

「次の勝負の舞《ぶ》台《たい》は老人ホームかな」

「一〇〇年だとさすがに天界決戦だろ……。お互《たが》い天国に行けるよう善行を積もう」

あはは、と真倉が笑う。

「どうする？　違うゲームするか？」

「そうですねー。何しましょー。またリアルなボードゲームなんかもやりたいですねー」

そう言いつつ、真倉はクッションに沈《しず》みこんでしまっている。

「……気持ちよさそうだな」

「最高だよ。このクッションのＣＭができなかったことが、アイドルとしての最大の心残りだ」

「歌ったり踊《おど》ったりの真逆の仕事だが……」

そうツッコみながら、俺もベッドにもたれた。

……ふう。

なんだかこの堕落感、夏休みを思い出す。

まだあの非日常な日々から、一週間も経っていないのだが……。

ただ、学校が始まってからも、こうして二人でのんびりする時間が取れたことを、俺は密かに嬉しく思っていた。

「ちょっと休憩《きゅうけい》ですねー」

このののんびりとした雰囲気《ふんいき》にぴったりの間延びした声で、真倉が言う。

少し間を置いて彼女は続けた。

「今日、夜までコースですし、ちょっと仮眠《かみん》します？」

「あー、真倉がいいなら」

「いいですよいいですよ。こうやって自由にできるお昼寝《ひるね》こそ、堕落の神髄」

寝る準備のためか身体を起こし、ペットボトルの水を飲む真倉。

俺もそれに倣《なら》い、持ってきていたお茶を飲む。

「学道くん、ベッド使ってください。わたし、今このクッションにめちゃめちゃフィットしてたので」

「ああ、いいのか？　ありがとう」

俺の返事を聞いて、真倉は再びクッションに身を投げ出す。

「ふっふっふ。元々パジャマ姿なら、いつでも一瞬《いっしゅん》でリラックスして仮眠できます。パジャマ生活最高」

「確かに普通の私服だと寝にくいかもだが……でもリラックスして熟睡《じゅくすい》してしまったら気がついたら夜になってるかもだぞ」

「あははは。そうなったらそうなったで幸せかもですが――」

そこで真倉の言葉が切れた。気になってそちらを見ると、彼女は少し首を持ち上げ、真《しん》剣《けん》な顔で俺の方を見ている。

「あ、あのさ学道くん……」

「うん？」

「その……あ、お、お、おね……おやすみ」

「お、おう。おやすみ」

真倉は何か言いたげにしていたが、最後はどこか気まずそうに口をあわあわさせ、結局黙《だま》ってしまった。改まった調子で、大事な話をするような雰囲気だったのだが……。彼女が寝る姿勢を整えだしてしまったので、俺もその場では追及《ついきゅう》できなかった。

まぁ、大事なことであれば、また起きてから聞かせてくれるだろう。

「……ふわぁ」

俺も眠《ねむ》気《け》に素直に従うことにして、真倉のベッドに横になったのだった。

☆

学道くんの寝《ね》息《いき》が聞こえてくる。わたしは彼《かれ》を起こさないよう、音を立てずに小さく身じろぎをした。

――恥ずかしくて言えなかった。

学道くん、気にしてないといいけど……。

今日、久しぶりに二人でゲームをして、やっぱしとても楽しかった。

だけど本当は、最後に一つ、お願いしたいことがあったのだ。

でも、それはわたしたちの関係だと少しおかしな頼みで、口にすることができなかった。

できればいつか、また、そういう日がくるといいな――。

そんなことを考えながら、わたしは目を瞑《つぶ》った。

❸思い出の味は、更新される

一度一緒《いっしょ》に下校して要領を掴《つか》んだ俺《おれ》たちは、放課後、度々《たびたび》二人で帰るようになっていた。

その日もまだ学校から誰も出てきていないうちに、俺と真倉《まくら》は校門の外で合流し、例の裏道を使って帰路を歩む。

斜陽《しやよう》に染まる景色の中で、足取り軽く俺の前を進んでいた真倉が、不意に俺の方を振《ふ》り向いてきた。

「ねね、なんか、高校生っぽいことしてみたいです」

「ほう。例えば？」

「買い食い！」

すでに答えは決めていたのだろう。即答《そくとう》だった。

「買い食いって、寄り道してなんか食べるみたいな？」

「そうそう！　コンビニとか、たこ焼き屋さんとか、たい焼き屋さんとか、クレープ屋さんとかなんでもいいけど。みんなやってるんですよね？」

「みんなやってるかは知らないが……。まぁ、部活終わりの連中はよくどっか寄って帰ったりはしてるみたいだな。ていうか、高校生じゃなくても、中学生のうちからやってるんじゃないか？」

「そうなんです？　まぁ、わたしはあんまし中学行けてなかったから……」

「ああ……」

真倉の事情は知っている。ちょうどアイドルの活動が忙しかった時期なのだろう。

そのときできなかった学生っぽいことを、せっかく学校に登校するようになった今、実現させてやろうということのようだ。

「いいぞ。行くか」

「やった！」

俺の返事に、真倉はぴょんとその場でジャンプする。嬉《うれ》しさが伝わってくる。

「でも、どこに行く？　食べたいものあるのか？」

そう俺が訊ねると、真倉は「んー」と目線を斜《なな》め上に飛ばし、やがてにやりと口角を上げてこちらを見てくる。

「学道《まなみち》くんのおすすめがいいな！」

「俺の？」

「うん！　わたし、こっちに引《ひ》っ越《こ》してきてまだ半年くらいだし、あんまり外も出ないから、この辺のこと全然知らないんですよねー。特に、この裏道の方なんかは、全然」

「なるほど……」

そういうことなら、俺に頼《たよ》ってくるのもわかるが。しかし――、

「ちなみに、何系がいいんだ？」

「んー、お任せで」

……難しい。

なぜなら俺も、学校帰りに買い食いなんかしたことがない。放課後、塾で小腹がすいたときに、コンビニで菓子《かし》パンを買ったりする程度だ。

こんなときに案内できる場所が思いつかない。

だが、真倉の期待を裏切りたくないという思いもあった。たこ焼きとか、クレープとか言ってたか？　俺は目を瞑り、この辺りでちょうどいい店がなかったか、脳内の記憶《きおく》を探《さぐ》る。

「……あ」

そういえば、あの店……。

俺の思わず漏らした呟《つぶや》きに反応し、真倉が顔を覗きこんでくる。

「おっ、いいところありました?」

「そうだな。冷たいものとかどうだ?　ちょっと遠回りになるが、大通りの方からは外れてる、いい場所だ」

「いいねぇ、冷たいの。楽しみ。ありがとうございます」

「俺も楽しみだ」

かなり久しぶりに行くからな……。

田んぼの横を通りすぎると、ため池が一つ見えてくる。真倉の家に向かうなら、ここで住宅街の方へ戻らなければならないのだが、今日はため池沿いに歩いていった。オレンジ色の景色の中、たくさんのトンボがホバリングを繰《く》り返しながらすいすいと飛んでいる。

ため池沿いの歩道が途切《とぎ》れたところで、信号が出てくる。車の通りは少ないが、青になるまでしっかりと待った。

「あそこのコインランドリーを曲がったら、その先に寂れた商店街の入口があるんだ。店は九割方閉まってて、人通りは少ないんだが。知ってるか?」

「知らない。その商店街に目的の店があるんです?」

「店……というか移動販売車《はんばいしゃ》なんだが、入口の脇に停《と》まってるはずだ」

昔から、あの場所は変わらない。滅多《めった》にこっちにはこないが、昨年たまたまこっちの道を通ったときにも、車はいつもの定位置に停まっていた。

話では、店主のおじいさんは自宅の前にトラックを出して営業をしているとか。きっと今日もいるはず……。

果たして――商店街の看板が見えると同時に、真倉は「あっ」と声を上げた。

「わらびもち？」

移動販売のトラックの横に立っていたのぼりの文字を読み上げる。

「ああ」

「え、やば、めちゃめちゃ食べたい！」

言って、真倉はそちらに駆《か》け寄っていった。俺もそのあとに続く。

店主のおじいさんが俺たちの方を見て腰《こし》を上げた。

「いくつにするかい？」

一パック、三〇〇円。

俺は真倉に耳打ちをする。

「ここのわらびもち食べたことあるんだが、一パックでも結構入ってる。一人じゃ食べきれないくらいだ」

「それじゃあ、学道くんがよかったら分けっこしよっか」

真倉の言葉に俺は頷いた。それからおじいさんに一パックお願いする。

おじいさんがタライの蓋《ふた》を開けると、水面に浮かぶ透明《とうめい》なわらびもちと氷が見て取れた。おじいさんは金ザルを使ってわらびもちを掬《すく》い、白いパックに入れてくれる。上からきなこをたっぷりかけて蓋を閉め、竹串《たけぐし》二本と一緒に輪ゴムでとめると、「ほい」とパックを差し出してきた。

俺は用意していた小銭《こぜに》を渡《わた》し、パックを受け取る。

「お金、あとで半分渡すよ」と真倉。

「いや、いい。いつも部屋にお邪魔《じゃま》させてもらってるから」

「……じゃあ、ご馳走《ちそう》になります。ありがと！」

俺たちはおじいさんにお礼を言って歩きだす。

先程《さきほど》のため池の近くまで戻ってくると、小さな階段を見つけ、そこに並んで腰を下ろした。

「さあ！　食べましょう！」

待ちきれないといった様子の真倉に、竹串を一本渡し、俺はパックの輪ゴムを外す。蓋の開いたパックを俺の手に載せたまま、真倉の方に差し出した。

「先にどうぞ」

「ありがと。いただきます！」

真倉が竹串にわらびもちをひっかけ、口に運ぶ。

「ん！　待って、やば。めちゃめちゃおいしい！」

「そうか？　そいつはよかった」

俺も一つ、食べてみる。

水分が多く、冷たくしっとりとしたわらびもちだ。少し噛《か》むと溶《と》けていき、清涼《せいりょう》感と共に、きなこの甘《あま》さが口いっぱいに広がる。

「うまいな」

「ほんとに！　こんなわらびもち初めて食べた！　新食感」

「スーパーのとは全然違《ちが》うよな」

真倉はまた一つ口に入れると、頬《ほお》を手で押さえながら足をぱたぱたさせる。気に入ってもらえたようで何よりである。

「言ってた通り、結構入ってる」

「だろ？　ゆっくり食べよう」

「きなこもたっぷりで嬉しいです」

俺たちはため池を眺《なが》めながら、わらびもちを食べた。

そよそよと風が吹《ふ》き、夕陽に照らされた水面が揺《ゆ》れる。もう少し涼しくなれば、空気が澄《す》んで、もっと夕陽が彩度《さいど》を増すようになるだろう。無性《むしょう》にそんな日が待ち遠しく感じる。人通りも滅多になく、落ち着いた雰囲気の場所だ。しばし、のんびりとした時間が流れた。

「いやぁ、いいですねぇ、買い食い」

そう真倉が口にする。

「これがやりたかったんだもんな」

「はい！　高校生感もあって気に入りました！」

下校途中《とちゅう》の買い食い。俺も初体験だったが……悪くない、な。なんだか青春している気分になる。

真倉の方は体操服姿なので、単純な高校生の寄り道ではなく、部活終わりの腹満たし感もあるが。

……いや、本当にそうか？

俺はそっと、彼女《かのじょ》の横顔を窺《うかが》い見る。

小さな顔に大きな瞳《ひとみ》、くるんと上向いたまつ毛、透《す》き通るような白い肌《はだ》……。その細部までが作りもののような、ここに存在していることに不思議な違和感《いわかん》を覚えてしまうほど、完璧《かんぺき》な容姿。

こんな女子高生、周りにいない。彼女以外、見たことがない。

そんな奴《やつ》の隣《となり》にいると、高校生感の前に、現実感がどこかへ吹き飛んでしまいそうになるんだよなぁ……。

などと俺が考えていると、

「ここ、学校から結構離《はな》れてますよね」

真倉が少し背筋を伸ばしながら後ろを振り返り、周囲を見回す。

「ああ、そうだな」

「学道くんの家からも、結構遠い」

俺は再び頷《うなず》く。

すると、真倉が体勢を戻《もど》し、俺の顔を見てくる。

「学道くん、ここよくくるの？」

どうやらなぜ俺がこのわらびもちを知っているか、疑問に思っているらしい。確かに、この辺りに何か用でもなければ、通りかかることもない場所だしな。

「昔、よくきてたんだ」

俺が答えると、真倉は少し目を細める。

「そうなんだ！　……誰《だれ》と？」

「誰とって……一人という可能性もあるだろ」

「ここのわらびもち、一人じゃ食べきれないんでしょ？　自分だけじゃ食べきれないってわかってるところに、一人で何回も通うかな」

真倉の奴、意外と鋭《するど》いところがある。彼女の言う通りだ。俺がこのわらびもち屋にくるときは、絶対に一人ではなかった。

別に隠《かく》しているわけではない。特に真倉には、話してもいい。

「そうだな……。俺がここにくるときは、基本的に母親も絶対に一緒《いっしょ》だった」

「あ。お母さんかー」

なぜかそれが、どこかほっとしたような口調に聞こえ、俺は「ん？」と首を傾《かし》げた。すると真倉は「なるほどなるほど、そうだったんだね！」と急いで言い足す。

「そう。さっき昔って言ったが、このわらびもち屋に通ってたの、本当に幼い頃《ころ》の話なんだ。まだ、保育園に通ってた頃から、小学校低学年まで。能力開発って言うのか？　ちょっと珍《めずら》しいんだが、右脳を鍛《きた》え、子供の能力を最大限引き出す幼児教育の教室が、あの商店街の奥《おく》にあってな。週に一度、そこに通ってたんだ」

「え、なんかすご。さすが学道くん」

「別に、そこに通ってたからどうだって話じゃないんだ。ただ、よくその帰りに、母親があそこでわらびもちを買ってくれてな」

「へぇ。なんかいい思い出だね！　このわらびもちも、懐《なつ》かしい味なんだ」

いい思い出、か。

今となっては、そうなのかもしれない。

教室に通うのは嫌《いや》だったが、その帰りに母親とわらびもち屋に向かう際は、いつもとても嬉しかった気がする。

真倉と今日ここにくるまでは、考えもしなかったことだけど――。

「ん、最後の一個だよ」

真倉の声が耳に届き、手元に視線を落とせば、彼女が言った通りわらびもちが残り一個になっていた。真倉はそれをどうぞどうぞと譲《ゆず》る仕草をみせてくる。

「いや、いいぞ」

「ややや、ダメダメ。わたし一人でたくさん食べちゃったから」

「でも、うまかっただろ？　最後も食べてくれ」

「そんな、悪いよ。わたし、学道くんが一個食べてる間に、二個いっちゃってること結構あったし。なんならきなこもいっぱいつけちゃったし」

「そうなのか⁉　でもまぁ、そんなの気にしないし。真倉に食べてほしいし」

「やや、学道くんの思い出の味、味わっちゃってください」

珍しく遠慮《えんりょ》する真倉と、譲り合いになっていた。俺が過去のエピソードを語ったりしたからかもしれない。

やがて真倉が、俺の持つパックに竹串《たけぐし》を伸ばしてくる。諦《あきら》めてくれたか、と俺が思っていると……。

真倉は串でわらびもちを取り――おもむろに手を伸ばして俺の口元に押しつけてきた。

冷たくぷにっとした感触が、俺の唇《くちびる》に広がる。

俺が戸惑《とまど》っていると、

「あーん」

そう、真倉が短く言ってくる。

口をつけてしまったものは、食べなければ。俺は仕方なく、わらびもちを咥《くわ》えた。竹串がちょんと口にあたり、ドキリとする。

「どう？　おいしい？」

真倉が意地悪そうに笑いながら、俺の顔を覗きこんでくる。俺が頷くと、「ふふふっ」と呼気を揺らした。

……思い出の味は、更新されるらしい。

冷たいわらびもちが食道に落ちていったあとも、しばらくほんのりとした甘さが口の中に残っていた。

＊

「――にしても、うまかったな」

しばらく休んだあと、俺は立ち上がって伸びをした。ぐぐっと、身体の緊張《きんちょう》が解《ほぐ》れる音がする。

「ほんとにおいしかった！　教えてくれてありがとうございます」

真倉も俺に続いて腰を上げる。

そろそろ帰る流れだ。わらびもちのゴミはまとめて家で捨てるか。

そんなことを考えながら、俺はなんの気なしに口にした。

「あそこ、もうちょっと涼《すず》しくなると焼《や》き芋屋《いもや》に変わるんだよ」

すると真倉が、がばっと俺を振り返る。

「マジ？　ほんとです⁉　石焼き芋？　紅はるか⁉」

その勢いに驚《おど》いて、俺は「な、なんだよ」と返してしまう。

「わからないです？　Q．もうすぐ焼き芋屋ができると言われたときの、女の子の気持ちを答えよ」

「クイズ形式⁉」

「問題形式です。ここテスト出ますよ？」

「テストにも出るのか⁉　まさか予習不足があったとは」

「ちなみに国語です。ヒントは、食欲の秋です」

……まぁ、ヒントがなくても、なんとなく答えはわかっていた。

「またくるか、ここ」

そんな俺の言葉を聞いて、真倉は満足げに「へへへ」と笑うのだった。

『今宵《こよい》、あなたをパーティーにご招待します。　……あの、今日の夜空いていますか？』

そんな探りさぐりの招待状（メッセージアプリにて）が届いたのは、真倉《まくら》と買い食いをして帰った翌々日、木曜日のことだった。

差出人はもちろん真倉である。そもそも俺にメッセージを送ってくる奴は、彼女くらいだ。

「……パーティー？」

三時間目と四時間目の間の休み時間、そのメッセージに気づいた俺は、疑問を含《ふく》んだ呟きを漏《も》らした。

いったいなんのパーティーなのか……。

なんだか怪《あや》しい雰囲気だが、ただあいにく、今日は特に塾《じゅく》の授業もない。それを真倉も知っている。

『空いてる』

そう正直に文字を打って送信すると、すぐにスマホが震《ふる》える。

『やった！　じゃあ一八時にウチ集合でお願いします』

集合、ということは、他にもメンバーがいるのだろうか。

謎《なぞ》だらけだが、まぁ、『やった』と喜んでくれているみたいなので、それはそれでよかった。

俺は『了解《りょうかい》』と返して、移動教室の準備を始めた。

＊

その日の晩、俺は約束通り真倉の部屋のチャイムを鳴らした。

今日はすぐにドアが開き、真倉が顔を出す。

「ようこそー、パーティー会場へ」

「パーティーっていったいなんなんだ？」

他に誰がいるのか。玄関《げんかん》には見慣れないサンダルが一足置かれている。

中に入ろうとしたときだった。

「ちょい待ち」

なぜか真倉が手を前に突《つ》き出し、俺の動きを制止してくる。

「な、なんだ?」

「その服装じゃあ入れませんねー」

言って、にやにやとした笑《え》みを浮《う》かべる真倉。

「入れない?」

「そう。パーティーの、ドレスコードに則《のっと》っていただかないと」

「ドレスコードだと……」

俺は訝《いぶか》しげに思いつつ、真倉の服装に目を向ける。

「……って、お前もいつも通りのパジャマ姿じゃねぇか」

今日の真倉は、無地のネイビーに白いステッチがポイントのルームワンピースを着ていた。鎖骨《さこつ》まで見えるゆったりとした襟元《えりもと》から膝のあたりまで、丸いボタンが縦に並んでいる。

「どうどう? 可愛《かわい》いでしょ。ぽんぽんつきの三角帽子《ぼうし》もおまけについてるんです。あとでかぶってあげましょう」

いやまぁ帽子も似合うのだろうが。今はそういう話ではなくて。

「だから、ドレスコードって――」

言いつつ、俺はハッとする。

こんな話をしながらも、真倉はパジャマ姿でやけに堂々としている。おかしいではないか。

それに俺は、一度どこかで耳にしたことがあったのだ。パジャマ姿で行われるという、パーティーの名前を――。

「その顔、気づいたみたいですね」

真倉がふっと口角をあげる。

「そういうこと、なのか?」

「そういうことだよ! 今日はみなさんお楽しみ、パジャマパーティーです!」

ぱちぱちぱちぱち、と拍手《はくしゅ》の音を口にしながら、真倉が一旦《いったん》ドアを全開にし、俺を玄関に招き入れてくれる。と思ったら、

「はいこれ、ちゃんと出しといたから、安心して」

見れば、廊下《ろうか》に俺の置き服しているジャージのセットアップが畳んで置かれていた。最初から用意しておいてくれたらしい。

「パジャマパーティー……。情報番組か何かで見たときは、確か女子会の一種みたいな感じで紹介《しょうかい》されていたんだが……」

「そうだねー、確かにそんなイメージはあるかも。みんなで写真撮《と》ったり、スイーツ食べたり、恋《こい》バナしたり」

「俺のいていい場所じゃない気がするんだが⁉」

聞くだけでわかる。男一人だと呼吸するのも危《あや》うい空間だ。

「でも、今日はそんな感じじゃないから大丈夫《だいじょうぶ》だよ！　あくまでパジャマ姿で楽しもうって会だから。わたし、部屋で待ってるよ」

そう言って、真倉がジャージを床から持ち上げ、俺に渡してくる。

「え、もう行くのか」

俺は思わず呼び止めてしまっていた。

少しでも真倉と離れるのが心細い。俺はこのあとどうなってしまうのか……。

「でも、学道《まなみち》くんはここで着替《きが》えてもらわないと。……ま、待っててあげよっか？　学道くんがよければですが」

言いながら、真倉はそっと恥《は》ずかしそうに視線を横に逸《そ》らす。

これは……たとえ後ろを向いてもらったとしても、ものすごく気まずい。

「……すまん。先に行っててくれ」

「う、うん」

結局、真倉には先に部屋に入ってもらい、俺は一人、パジャマパーティーの会場前で服を脱《ぬ》ぐのだった。

＊

少し考えれば、わかることだった。

パジャマパーティー（女子会）という華《はな》やかなイメージが先行しすぎて、冷静な判断能力を失っていたのだ。

パジャマに着替え、恐るおそるパーティー会場――いつものリビングのドアを開けた俺は、その中の光景に思わず力が抜《ぬ》けてしまった。

「よっ、遅《おそ》かったな少年。もう始めてるぞ」

ローテーブルの前に座《すわ》った弥子《やこ》さんが、赤ら顔でビールを掲《かか》げて見せてくる。

テーブルにはパーティー開けされたスナック菓子に、コンビニで買ったらしいホットスナックの唐揚《からあ》げやポテト、ペットボトルのジュースがすでに置かれていた。

弥子さんの他に来客はいないよう。

「ど、どうも」

俺は小さく会釈《えしやく》をしながら、部屋に入る。

……そうだ。そもそも、真倉が現在気を許してつき合える人間は、数人に限られているのだ。

それを考えれば、パーティー会場の中にいる人なんて簡単に察しがつく。だいたい玄関にサンダルがあった時点で、同じアパートの弥子さんがきていることくらい想像できないとダメだった。

ただ、パジャマパーティーのイメージとかけ離れた人すぎて……。

弥子さんはレオパード柄《がら》のTシャツに、白い紐《ひも》が結ばれたグレーのショートパンツという格好。非常にラフなパジャマ姿である。白くしなやかな生脚《なまあし》を惜《お》しげもなくさらしながら、あぐらをかいていた。

「どうした、根来《ねごろ》少年。あたしの身体をじろじろと見て。ま、まさか、あたしのこと――」

「や、なんか、安心しました」

「安心⁉」

知っている人がいて安心というか、パジャマ姿なだけで結局いつもの集まりのようでほっとしたというか。

「というか、この面子《メンツ》なら、なんでわざわざパジャマに？」

そう俺は気になったことを訊《たず》ねてみる。すると廊下のキッチンからコップを運んできた真倉が、「あっ、それはねー」と答えてくれた。

「最初、なんかアナログのボードゲームしたくない？　って弥子ちゃんと話してたんだ。それで、そういうので遊ぶなら人数がいるねーって話になって。どうせならパーティーしようってなって、パジャマパーティーだ！　ってわたしが言ったの」

「なるほど……」

普通《ふつう》のパーティーではなく、なぜパジャマパーティーになったのか訊《き》きたかったのだが……多分発案者が真倉だからというだけで、特に深い理由はないのだろう。追及はやめておいた。

「にしても遅いなー。全員揃《そろ》わないと始められないぞ」

弥子さんが言って、ビールの缶《かん》を口に運ぶ。

「まだ誰かくるんですか？」

そう俺が訊ねたとき、ちょうどピンポーンとチャイムの音が鳴る。

まぁ、このメンバーなら、なんとなく誰がきたか予想がつくが……。

果たして、会場のドアを開けて顔を覗《のぞ》かせたのは、我《わ》が担任教師である熊田《くまだ》先生だった。

そして熊田先生は、俺の顔を見てぎょっと目を剥《む》く。

「ね、根来くん⁉」

それからはっと気づいたように、ばばっと慌《あわ》てて両手で身体を隠した。しかしもちろん、全身は隠しきれていない。

先生はレースが基調の白のひらひらとしたネグリジェ姿だった。靴下《くつした》もしっかりと脱いでいる。たまに学校で着ているのを見るベージュのロングカーディガンを腕《うで》にかけていることから、家からパジャマを身に着け、道中はカーディガンで隠してきたらしいことがわかる。

どうやら先生には、しっかりと事前にパジャマパーティーの伝達があったらしい。

「恥ずかしがんなよー。教え子だろー？」

弥子さんが面白《おもしろ》そうににやにやと笑いながら言う。

「生徒だからまずいのよ……」

対して先生は顔を赤くしながら、俺の方に顔を向けてきた。

「ねぇ、根来くん」

「はい」

「今日のことは――この格好のことは、お願いだから内密に」

「それはもう」

「誰かに話したら退学にしますから」

「待てまて、ほんとに言わないいわない。そもそもそんな権限あるんすか？」

「権限はないので、あの手この手で自主退学に追いこみます」

「余計怖《こわ》いんだが⁉」

まぁ話す相手もいないし、その辺りは特に問題ないのだが。

一応、熊田先生は小柄《こがら》で幼い顔つき、柔和《にゅうわ》な笑顔《えがお》が特徴《とくちょう》で、生徒たちから親しまれている。もちろん、男子生徒の間でも人気があり、もしかするとパジャマ姿を見たなんて話すと羨《うらや》ましがられるかもしれないが……。

そんなことを考えながら、もう一度熊田先生の方を見る。

普段《ふだん》はきっちりした格好の、大人の女性のパジャマ姿……。改めて見ると、妙《みょう》にそわそわしてくる。気づけばそちらに目を惹《ひ》かれてしまっていた。

「………じー」

そんな声が聞こえて振り向くと、俺のすぐ隣に真倉がきていた。彼女はなぜか、じとっとした目を俺に向けてくる。

「な、なんだ？」

「なんでもないです」

BEER

食い気味に言われた。

「箪笥《たんす》の角に小指ぶつけますように」

追って小声で不吉《ふきつ》な呪詛《じゅそ》も吐《は》かれていた。痛みが引くのに時間がかかるタイプのやつだ。

いったいなんなんだ……。

そんな会話を俺たちがする前で、熊田先生も部屋に入ってきて弥子さんと喋《しゃべ》っていた。

「女子会だと思ってたからさ……。男の子が一人いるだけで、ちょっといかがわしい感じがしてこない？」

「おい、むっつり。生徒だろ。……せめて男女比があってればな」

なんつー話してんだこの二人……。

＊

本日プレイするのは、弥子さんが準備したという人生ゲームだった。

ボードの真ん中にルーレットがついており、それを回しながらさまざまなイベントが書かれたマスを進んでゴールを目指すという。

似たようなテレビゲームを真倉とやったことがあったので、なんとなく勝手はわかるが、アナログのルーレットを回すのは人生初だった。

順番にルーレットを一回ずつ回し、一番高い数字を出した者から時計周りの順番となるらしい。真倉、弥子さん、熊田先生、俺《おれ》の順に決まった。

それぞれ違う色の車の駒《こま》が配られ、そこに人間の棒を一本刺《さ》し、セット完了《かんりょう》。お菓子とジュース（大人二人はお酒）も準備して、ゲームがスタートした。

「よーし、いくよー」

真倉が元気に言って、勢いよくルーレットを回す。

序盤《じょばん》には、職業選択《せんたく》のマスが並んでいた。真倉が止まったマスでは、『投資家』になることができた。

「やった！　なりたかったやつ！」

「……お前それ、家から出なくていいからだろ」

「さすが学道くん、よくわかってますねー。パジャマ勤務ＯＫ、ずっとおうちにいられる天職だよ！　投資王にわたしはなる！」

真倉は嬉しそうに言いながら、その職業のイメージイラストと給料の記載《きさい》された職業カードを取る。

次に弥子さんの番。弥子さんが止まったのは『漫画家《まんがか》』のマスだった。

「んー、漫画家かー」

「弥子ちゃん、ギャグ漫画家？」

笑いながら、真倉が訊く。

「描《か》くなら大人の恋愛《れんあい》漫画だな」

「あ、R18!?」と熊田先生。

「ちげーよ。普通に少女漫画誌《し》に載《の》るような感じ。でも、漫画家は博打《ばくち》って聞くからなー」

弥子さんは熊田先生のむっつりを受け流しつつ、真剣《しんけん》に悩《なや》んでいるようだった。

「これ、マスに止まってもその職業選ばなくていいのか？」

俺が訊ねると、

「そうだよ！　次のターンでまたルーレット回して、そこで止まったマスの職業にしてもおっけー。ただ、大きい数字出して就活ゾーンを通りすぎちゃったら、夢破れてフリーターになっちゃうけど」

そう真倉が教えてくれる。

「ふ、フリーターでは生活できん。車もあるし、将来は家もほしい。漫画で一発あててやる！」

真倉の言葉に影響《えいきょう》され、弥子さんは漫画家になることを決意したようだった。

続いての熊田先生は、なんと『教師』のマスを引き当てていた。

「お前、第二の人生だぞ？　それでいいのか？」

そんな弥子さんの言葉もあったが、熊田先生はそのまま教師を選択した。現実の職業を気に入っているらしい。

そして最後に俺の番。『6』が出て、止まったマスには『俳優』と書かれていた。

「うははは、少年が芸能界デビューかー」

なぜか弥子さんに笑われる。

「勉強のことは忘れて、これからは演技の鍛錬《たんれん》ね」

と、熊田先生。

「案外似合ってるかも。学道くん、整った顔してるし。いつも冷静だから、演技が映《は》えそう」

「おー、なんだなんだ？　こいろ、少年のフォローしてんのか？　優《やさ》しいな」

にやにやしながら弥子さんに言われ、真倉は顔を赤くした。

「べ、別に、思ったこと言っただけだし！」

俺、整った顔してるのか？　自分ではわからないし、そんなこと初めて言われた。少しむず痒《がゆ》い気がする。

礼でも言おうかと思ったが、弥子さんが真倉をからかう中でタイミングが掴《つか》めず……結局そのままゲームを続けた。

順番に、ルーレットを回してコマを進め、止まったマス目のイベントにみんなで注目する。

「やったー！　商店街の福引にあたる。三〇〇〇円もらう！」

「ああ？　流行の病にかかり、一回休みだと？」

「落とした財布《さいふ》を拾って交番に届ける。五０００円もらう！　さすが私！」

「落とし穴にはまって怪我《けが》。三０００円払《はら》う。……誰が掘《ほ》ったんだよ」

なんだかんだわいわいと、みんなお菓子《かし》を食べることも忘れてゲームに夢中になっていた。ちなみに、手持ちのお金には＄マークがあるのだが、みんな円と呼んでいることは気にしないことにした。

熊田先生はルーレットの出目が調子よく、高い数字を連発していた。一人どんどん進んでいき、とあるストップマス（絶対に止まらなくてはならない）に到着《とうちゃく》する。

「何これ……結婚《けっこん》だって！」

「結婚だと⁉」

弥子さんが驚いた声を上げ、身を乗り出す。

「やったー！　ゴールだ！　勝った！」

「お前、あたしより先にゴールするなんて……ずるいぞ……」

「いや、結婚がゴールじゃないから……」

真倉が大人二人に呆《あき》れ顔でツッコむ。

「ちょっと待ってください。まだ何か書いてますよ」

俺がそう言うと、再び全員の視線がマス目に集まる。

真倉がその内容を読み上げた。

「ルーレットを回し、結婚をするかしないか決める。偶数《ぐうすう》だったら結婚、パートナーを車の助手席に乗せ、全員から三〇〇〇円もらう。奇数《きすう》だったら結婚しない。だって」

「なっ、そんな、こんなところで人生の分かれ道が？」

「やばすぎるだろ。一生独身だけは嫌だ……」

がくがく震える大人たち。早くルーレット回してくれ……。

熊田先生が、震える指でルーレットをつまみ、しゅるしゅるしゅると緩《ゆる》く回転させる。

果たして、針の止まった数字は、『2』だった。

「バタフライ、今日は、ふふふんふんふん〜♪」

うろ覚えの結婚式《けっこんしき》定番ソングを歌いながら、熊田先生が自分の車にパートナーのピンを刺《さ》す。

「くっ、お、おめでとう」

とても悔《くや》しげに三〇〇〇円を差し出す弥子さん。

「お祝いなんで、みんなで乾杯《かんぱい》しましょー！」

真倉がそう言ってジュースのグラスを持ち上げ、俺たちはそれに倣《なら》って自分の飲みもので乾杯をした。

次にその結婚マスに辿《たど》り着いたのは真倉だった。

「弥子ちゃん、お先っ！」

「くぅっ」

真倉も見事偶数を出し、無事に結婚をする。

「くそう、完全にご祝儀貧乏《しゅうぎびんぼう》だ。なんで現実と同じ辛《つら》みを味わわなければならないんだ……。また当分もやし生活か……」

ちらりと見れば、弥子さんの手持ちは一〇〇〇円札が二枚だけになっていた。中々厳しいものがある。

さらに、弥子さんの出目は振《ふ》るわない。小さい数字ばかりが出てしまっている。そして、あとからスタートした俺の方が先に、例のマスに辿り着いてしまった。

「お前、俳優だろ？　わかってるよな。ファンを大切にしろよ」

「そ、そんなこと言われても……。恋には敵《かな》いませんよ」

言いながら、俺はルーレットを回す。……『4』。

「「おめでとーう！」」

真倉が立ち上がって拍手をして、熊田先生がもう一度乾杯《かんぱい》をしようとお酒の缶を差し出してくる。

「おいこいろ、さとみ、お前ら完全に面白がってるだろ！　少年も空気読め！」

「いやー、こればっかりは仕方ないかと……」

逆に空気読めてた気もするが。

「相手は女優さん？　モデルさん？」と熊田先生。

「えーと、一般《いっぱん》の女性の方です」

「「きゃー」」

まだ先生と真倉はノリノリで盛り上がっている。一方、

「マジかよ……。借金してまで他人の結婚を祝うってなんだよ……」

弥子さんは虚《むな》しく呟《つぶや》きながら自分で約束手形の準備をしていた。

「まぁ、次は弥子ちゃんの番だから」と真倉。

「そうそう。ゴールは見えてるよ！　あとは二分の一の確率になっちゃうけど」と熊田先生。

「くぅ、絶対に外さないぞ」

弥子さんの番が回ってきて、力をこめてルーレットを回す。

『2』

相変わらず、全然進まない。

そして、悲劇は起こった。

マス目を読んだ弥子さんの顔が青ざめる。

「一目ぼれして子犬を買う。二万円払う……!?　や、やめろ、待ってくれ、独身女性に犬はまずい」

「あー、婚期《こんき》遅《おく》れるねー」

熊田先生が言うと、「あああ」と弥子さんがうめき声を上げる。

「漫画家で締《し》め切《き》りと闘い、深夜に家に帰っても、待っていてくれるのはペットの犬だけ。仕事に追われる毎日。なんでこんな職業に就《つ》いてしまったんだろう。気づけば三十路《みそじ》をすぎ四十路《よそじ》。その焦《あせ》りを隠しきれず、新規の人とデートに行ってもその後の継続《けいぞく》率は一〇％以下……」

完全にゲームの世界と現実が混ざってしまっている……。

その後、案の定というべきか、やっとこさ結婚マスに辿り着いた弥子さんは、見事にルーレットで奇数を出した。真倉によれば、こういう事象を「フラグ回収」と言うらしい。

未《いま》だ乗車人数一人の寂《さび》しい車を動かしながら、弥子さんは呟くのだった。

「何これ、人生……？」

＊

ゲームは終盤《しゅうばん》に差しかかっていた。

『人気カードゲームの発売日にお店に並ぶが、目の前で売り切れ。五〇〇〇円払う』

『ＳＮＳで大炎上。一回休み』

『新型ロボット発売の抽選《ちゅうせん》に当選。五万円払う』

最初は調子がよかったものの、俺は運の悪いマスにはまり続け、さらにはギャンブルゾーンで借金までしてしまい、手持ちの金額もすごろくの順位も最下位になっていた。

一方、真倉は投資家としてランクアップし、本当に投資王に。熊田先生は子宝に恵《めぐ》まれ、六人が乗った車を快調に飛ばしていた。

結婚マスで女としての幸せよりも仕事を選んだ弥子さんは、そこからは運気が上向いたようで、プラスのマスを踏《ふ》み続けていた。また、ペットの犬がスカウトされてモデル犬に。ドラマにも出演し、俳優の俺よりもそちらの業界で成功を収めているようだった。

「おうおう、売れない俳優さんは、せっかくの給料日なのにフリーターと同じくらいしかもらえないのか？　うちのレオンの爪《つめ》の垢《あか》を煎《せん》じて飲ませてやりたいくらいだ」

弥子さんがさっきの仕返しとばかりに煽《あお》ってくる。独身が決まってからはお酒が進み、酔《よ》っぱらってしまっているようだ。ペットの犬に名前つけてるし……。

にしても、もうこれ、逆転のしようがないんじゃないだろうか。

先頭を走る熊田先生、その後ろの真倉は、もうあと一度か二度順番が回ってきたらゴールしそうなところまで進んでしまっている。

「むぅ……」

……地味に悔しいな。

俺の番が終わり、次にルーレットを回す真倉が自分の先にあるマスの内容をチェックし始める。そこで「あっ」と、大きな声を上げた。

「見てこれ！　やばいのある」

「ん？　なんだ」と俺は少し腰《こし》を上げる。

熊田先生と弥子さんも、真倉が指さすマスに目を凝《こ》らした。

「宇宙旅行に行く、三〇万円払う。って」

「さ、三〇!?　止まったら終わりね」と熊田先生。

「あー、昔からあったなー、ゴール手前の大散財マス」

そう言って、弥子さんは腕を組む。

「気をつけないと……」

真倉が恐るおそるルーレットを回す。宇宙マスの手前でストップ。

次に弥子さんが回し、熊田先生の番。

「『10』だ！」

トップを走っていた熊田先生は見事一着でゴール。

「宇宙に飛ばされなくてよかったー」

「うー、間に合わなかったかー」

俺のターンが終わり、また真倉の順番だ。真倉も『5』以上を出せばゴールという状《じょう》況《きょう》である。

真倉がルーレットに指をかけた、そのとき、ぼそっと言葉を発した者がいた。

「でもさー、本当にこれで終わっていいのか?」

弥子さんだ。真倉が「えっ」と顔を上げる。

「いや、せっかくの第二の人生なんだぞ？　このままゴールするより、どうせなら宇宙行く方がよくないか？」

「それじゃあゲームの意味が……」と熊田先生。

「でも、このまま早くゴールしたって、得られるのは賞金だけだろ？　あたしはお金よりも大切なものって、あると思うんだ。だってこれ、人生なんだぜ？」

酔っ払《ぱら》いの弥子さんは頬《ほお》を赤くしながら熱く語っている。

だがまぁ、言っていることはズレている。これは人生ゲームという名のただのゲームだ。そのゲームでは、最後にお金をたくさん持っていた人が勝ちになる。俺たちの行動指針はただ一つ、お金を増やすこと。

それは全員が理解していた。

ただ一方で、たった小一時間であったが、このゲームで俺たちは自分の第二の人生を送っていた。

分身であるコマに、少なからず感情移入していたことも確かだった。

「ま、回すよ」

真倉が戸惑《とまど》い交じりの声音《こわね》で言って、ルーレットを回す。ピンポイントで宇宙のマスに止まることはなく、熊田先生に続いてゴールする。

そんなセリフと共に、弥子さんはルーレットに手を伸《の》ばす。残り三人はなぜか無言で、弥子さんの回転させるルーレットをじっと見守る。

「あたしは、一つ、大きなことを成《な》し遂《と》げるぞ！」

そう、真倉が小さく呟いたのが、隣《となり》の俺には聞こえた。

「あっ……」


針が止まったのは、『9』の目だった。弥子さんが「くっ」と短く漏らす。

「少年よ、あとは頼《たの》んだ……」

弥子さんの車も宇宙のマスを飛び越《こ》え、ゴールへと滑《すべ》りこむ。

た、頼まれても……。

ただのゲームの中で宇宙旅行に行ったとして、その経験にはもちろんなんの価値もない。ゴールまでの間には、まだお金をもらえる内容のマスもあり、一つでも順位をあげられる可能性にかけて、そちらのマスを狙《ねら》うのが正解だろう。

ただ一方で、少し思うところもあった。

『だってこれ、人生なんだぜ？』

そんな弥子さんの声が脳裏《のうり》に蘇《よみがえ》る。

そうなのだ。これは人生。

宇宙旅行自体に、特に意味はない。

重要なのは、どんな生き方をするか、だ……。

まずは今日、現実の自分がこれまでにできなかった生き方を、この盤面《ばんめん》の上で実践《じっせん》するのもいいかもしれない。

しかし……。

「一、二、三、四――七。少年、一発で宇宙に行くなら『7』を出せ！『7』だ！」

弥子さんが残りのマスの数を数えて教えてくれる。

俺は頷《うなず》きつつも、最後の引っかかりを心から振り払えないでいた。

「……でも、俺、もう相当借金膨《ふく》らんでて……。とても宇宙旅行になんて……」

そうなのだ。

たとえ第二の人生で今までとは違《ちが》う生き方をしようと意気ごんでも、人として変えられない部分はある。

今ですら大変な約束手形が手元にあるのに、これ以上自分の夢だけのために誰《だれ》かに迷惑《めいわく》をかけるわけにはいかない。これがゲームではなく人生だと言うのなら、なおさらだ。

「少年……。だが、こんな機会もう二度と……」

「でも、どうしようも……」

そう、俺がルーレットを回せないでいるときだった。

「学道くん、これ……」

そんな声と共に、隣から何かが差し出された。

見れば、それはお札の束だった。

「真倉……？」

俺は驚《おどろ》いて彼女《かのじょ》の顔を見る。

真倉は俺の目を見ながら、深く頷いた。

「使ってください、学道くん」

「い、いいのか？」

「うん。わたしの夢、あなたに託《たく》します」

再び手元に目を落とす。一万円札が二〇枚ほど。「ごめん、それしかなくて」と、真倉が続ける。

「ありがとう。本当に」

俺がそう礼を述べたときだった。

「担任教師として、教え子の夢は応援《おうえん》しなくちゃダメですね」

熊田先生も、お札を数えて差し出してくる。

「せ、先生も、ありがとうございます……！」

「絶対に無事で戻《もど》ってくること」

サムズアップをみせ、ふふっと笑う熊田先生。

「金の方はなんとかなったみたいだな。そんじゃあ、あたしは、お前の偉業《いぎょう》を漫画に描いてやる。売れない俳優の、奇跡《きせき》のような人生を。少年、あとはわかってるな」

弥子さんに言われ、俺は頷く。ここまできたら、やるしかない。

ルーレットのつまみに指先が触《ふ》れたとき、誰かが息を呑《の》む音が聞こえた。俺もこくりと唾《つば》を飲み、それから指に力をこめて円盤《えんばん》を捻《ひね》る。

「行くぞ！」

短く言って、俺はルーレットを回した。

回転により数字が読めなくなり、それぞれの数字に割《わ》り振られていたカラーだけが連続して浮かび上がる。

その勢いが次第《しだい》に弱まり、針を弾《はじ》く音の感覚が開いていく。見えなかった数字が浮《う》かび上がる。
4、5、6……7――
「止まれー！」

俺は思わず叫《さけ》んでいた。針は『7』と『8』の間にある柱を突破《とっぱ》しようとして——しかし反動によって押《お》し戻され、『7』の枠《わく》を指してルーレットは止まった。

「やった、やったぞ！」

弥子さんがジャンプするように立ち上がり、続けて飛んだ真倉と抱《だ》き合う。熊田先生も両手でガッツポーズをしながら腰を上げ、みんなとハイタッチをする。

三人とは反対に、前のめりになっていた俺は腰が抜けたように尻《しり》もちをついてしまった。

本当に出た、『7』……。出すことが、できた……。

湧《わ》き上がってくる想《おも》いを吐き出すように、「よっし！」と大きく口にした。

そうして俺は、みんなの助けを借り、無事宇宙に旅立つことができたのだった。

そこには確かな達成感と、感動があった。

みんなも満足したようで、ゴール後の持ち金の清算は曖昧《あいまい》に。乾杯をして打ち上げモードになっている。

少し時間が経《た》って冷静になってから、俺は一人疑問に思った。

——今回、初めての人生ゲームだったのだが……本当にこんな楽しみ方で合っていたのだろうか……。

❺平穏な昼下がり

時刻は午後二時。

先生が留守にしており、患者《かんじゃ》の生徒さんもおらず、一人きりの保健室にて。

窓からふんわり入ってくる日差しに包まれながら、わたしは課題のプリントを前にうつらうつらしていた。

意識が途切《とぎ》れたり、戻ったり、途切れたり、戻ったり。

もう降参して寝《ね》てしまおうか。これは勉強スペースを窓際《まどぎわ》にした先生の罪だもん。わたしは悪くない。虚無《きょむ》きょむ……。

そんなことをぐるぐる考えながら、ゆっくり力尽《ちからつ》きようとしていたときだった。

カラカラと、保健室の扉《とびら》がそっと開く音がした。ハッと意識が覚醒《かくせい》し、わたしはその場で身を硬くして息を殺す。

しかし、そんな緊張《きんちょう》とは裏腹に、聞こえてきたのは、間延びしたよく知っている声だった。

「こいろちゃーん？　いるー？」

室内に入ってきたのは、年の離《はな》れた従姉《いとこ》のさとみちゃんだった。

「なんだー、びっくりしたー、さとみちゃんかー」

「学校では先生と呼んでください」

「さとみちゃん先生？」

「熊田《くまだ》先生！」

ベッドのカーテンの陰《かげ》から姿を見せたさとみちゃんは、腰に両手を当てながら「もぅ」と小さく漏《も》らす。

「どれどれ、プリント全然進んでないじゃない。寝てたでしょ」

「わたしなりに闘ってたんだよ？」

「嘘《うそ》つきなさんな。シャーペンの跡《あと》が一か所もないじゃない」

「あー、そっちじゃなくて……」

対戦相手は課題ではなく睡魔《すいま》の方だった。

ただ、どちらにせよ先生ポジションのさとみちゃんからは小言を言われそうだったので、わたしは話題を変えることにする。

「熊田先生は？　サボり？　授業中じゃないの？」

「そんなわけないじゃない。今空きコマなだけ。こいろちゃんの様子を見にきたの」

「なるほど！　わざわざありがとね、せんせ」

わたしが笑ってて言うと、さとみちゃんもふふっと笑《え》みを浮かべた。

「保健室登校はどう？」

「んー、まぁ、だいぶ慣れたかなー」

「そっか。校内でも、元アイドルの鎌倉《かまくら》こゆながいるなんて噂《うわさ》は広まってないし、うまくいってるみたいね」

ふむ。バレてないみたいなら、安心だ。

こういう情報は校内で生徒たちと関わりのないわたしには知り得ないものなので、教えてもらえると助かる。

ＳＮＳもアイドルをやめてからはアカウントを消し、見ることもなくなっていた。最初のうちはアプリを開くのが癖《くせ》になっていたが、今は全く気にしなくなった。なので、わたしに関する噂がわたしのもとに届くことは基本的にないのだ。

「何か困ったこととかあったらなんでも言って？　できる限りなんとかするから」

「ほんと？　じゃあ、定期テストから赤点という概念《がいねん》をなくしてほしいです」

「それは……そもそも赤点を取らないように頑張《がんば》ってください」

「えー、なんでも言ってって言ったからー」

「無理なものは無理よ。わたしが『イケメンの彼氏《かれし》がほしいからなんとかして！』って言ってるようなものじゃない」

「それは割と普通《ふつう》に頑張ったらできちゃいそうだけど……。てかさとみちゃんも弥子《やこ》ちゃんも早く安定した相手見つけなよ」

「わたしは全然できないのよねー。昔の元カレと失敗してから、慎重《しんちょう》になっちゃって。弥子ちゃんは弥子ちゃんで、あの子は長続きしないからなー。あの手この手でぽんぽん彼氏は作るんだけど」

「中々時間かかりそうだね……。どっちかが先に結婚しても喧嘩《けんか》したりしないでよ？」

「しないしない。この前ね、二人でスーパー行ったとき、半額シールが貼《は》られたお惣菜《そうざい》を見てさ、無性《むしょう》に悲しくなって。もうお互《たが》い余りものの半額シール貼られかねない歳《とし》だから。せめてどっちかだけでも幸せになって、その幸せオーラを分け合おうって、応援しあってるから」

「なにそれ辛い……」

さとみちゃんたち、まだそこまで心配する歳でもないと思うんだけどな。平均初婚年齢《しょこんねんれい》も上がってきてるみたいだし。

まぁ、大人には大人の悩み？　焦り？　があるのだろう。

　わたしがそう一人納得《なっとく》していたときだった。

「そっちこそどうなの？　根来《ねごろ》くんとか」

　さとみちゃんから、予期せぬ質問が飛んできた。

「それはもしかして、話の流れ的に、恋愛《れんあい》的な意味で……？」

「もちろん！　夏休み一緒《いっしょ》に旅行まで行って、二学期に入ってからも関係は続いてるみたいじゃない。私が最初におつかいを頼んだのは、補習の期間だけだったんだけど」

　さとみちゃんが微笑《びしょう》を浮かべながらこちらに近づいて、ベッドに腰をかける。

「それはまぁ、気が合ったから」

　実際はもっと、いろいろあったのだが。

　でも、だとしても、恋愛的な意味でつるんでいるわけではない。お互いの間にそのような話が出たことは、今まで一回もなかった。

「本当にそれだけ？」

「うん」

「実はじつは、結構いいところまで進んでたりして」

「だからないって」

「おばさん――こいろちゃんのお母さんには内緒《ないしょ》にしとくから！　どこまでやったの？」

「ちょいちょい、一旦《いったん》落ち着け」

そんなに訊《き》かれたって、本当に何もないものは何もない。

「確かに学道《まなみち》くんはとても大切な人。でも、恋愛とか言われても、よくわからない。今までずっと、恋愛は厳禁って言われてきたんだから。恋《こい》？　何それ？　って感じだよ。だからもうおしまい！」

本当にわからないのだ。

ただ今は、学道くんと一緒にすごす時間がとても大事で――。

「大切、かぁ」

そう呟き、なぜかにやにやと笑うさとみちゃん。

「ほら、もう帰ったかえった。チャイム鳴るよ？」

「えっ、もうそんな時間？　やばっ。全然仕事終わってない」

「結局ほんとにサボっちゃってるじゃん」

慌《あわ》てて保健室を出ていくさとみちゃんの背中を見送って、わたしはふぅと息をつく。

安定した毎日。

かろうじて学校にも通えているし、生活もできている。

学道くんがお部屋にくるときは、何して遊ぼうなんて考えて、わくわくして。学道くんも意外とゲームとか夢中で楽しんでくれるから、それがこっそり嬉《うれ》しかったりして。模試？　みたいなのがあるみたいだし、あんまり勉強のお邪魔《じゃま》はできないけど。

——ゆるっとした幸せ。

心のどこかで不安はあるけれど、今はこのだらっとした日々が続けばいいと思っている。

そんな感じじゃダメなのかな？

＊

日曜日の昼下がり、俺は真倉《まくら》にお呼ばれして、彼女の部屋に向かって歩いていた。

『明日、塾《じゅく》ありますか？　もし空いてたら、堕落《だらく》しませんか？』

そんなメッセージが昨日の夜に届いたのだ。

今日は塾の授業はなく、一日自習室に籠《こ》もるつもりだった。特に予定がないのと同じだったので、真倉の誘《さそ》いにはＯＫの返事をした。

二学期が始まってからは、週に二回か三回のペースで彼女の部屋にお邪魔していた。別にもっと通うこともできるのだが……自然と、間を空けるようになっていた。

多分、真倉は俺《おれ》に気を遣《つか》ってくれている。

塾や、自主勉——それらを含《ふく》めた俺の生活の、邪魔にならないように。

夏休みという期間は、一種の非日常。はしゃいで、ハメを外しても許されるような感覚があった。それに比べ、二学期が始まった今は現実。一日一日をしっかりと生きていかないといけないような感覚だ。

この関係をずっと続けていくことを目標にするならば、次に必要なのは日々の安定である。

ずっと、一緒にいるために、日常をうまく生きていく。

俺も同じことを考えていたので、なんとなく真倉が気を遣ってくれていることはわかった。

そうして会えない時間をすごしたあと、真倉の部屋に行く日は、とてもわくわくしている自分にも、俺は気づいていた。

真倉のアパートに近づいたとき、一階の一番端《はし》の部屋の扉が開くのが見えた。偶然《ぐうぜん》のタイミングで、よく見知った金髪《きんぱつ》の女性が靴《くつ》を履《は》きながら姿を現す。

「こんちは」

気づかないフリをするのも変かと思い、俺は少し離れたところから挨拶《あいさつ》をした。

私服姿の弥子さんが顔を上げる。これからデートだろうか、普段《ふだん》よりも化粧《けしょう》が仕上がっているように見える。

「ん？　あー、若い男の子に声をかけられた！　と思ったら、少年じゃあないかい……。残念」

「こんな家を出た瞬間《しゅんかん》にまで出会いを求めないでください」

「運命の相手ってのはいつ現れるかわからないらしいからな。ほんと、気が抜《ぬ》けないよ。少年は？　こいろの家か？」

「そうです」

答えつつ、俺はアパートの二階の方へと視線を送る。

すると弥子さんがにやにやしながら近づいてきた。

「そうかそうか。やー、ラブラブなこった。いいねー、若いのは」

「……なんすか」

なんだかウザい絡《から》みをされそうで、俺は慌てて足を出そうとするが、案の定、先に俺のもとに辿り着いた弥子さんが肩《かた》を組んできた。

「どうなんだい？　こいろは」

「どうって、何がですか」

「わかるだろ。恋人《こいびと》として、だよ」

「恋人……」

まぁ、そういう類のことを訊かれているとはわかっていたが。

「別に俺たち、そんな関係じゃないですよ？」

「ふーん。……じゃあ、キミ自身は、こいろのことをどう思ってる？　好き？　好きなのか？」

「いや、そういうのではないです」

そもそも元トップアイドルが偶然身近に現れて、少し関わるうちに、当然のように好きになる。そんなの安直すぎるだろうと俺は思う。『好き』ってそんなもんなのか？

弥子さんは「えー」と言って口を尖《とが》らせる。

「さとみとも話してたんだけどな。あの二人、実際どんな感じなんだろうって」

熊田先生か……。この大人二人組はそういう恋愛系の話が好きだからな。にしても、俺と真倉のいないところで、いったいどんな噂話《うわさばなし》をしているのか。

「いつもこいろのことをいろいろ気にかけてるだろ？　こうして休みの日もわざわざ会いにきてるくらいだ。そこまで相手のために何かしてやれるってことは、それはもう好きってことじゃないのか」

「好き……」

正直、本当にわからないのだ。自分が真倉に対して抱いているこの想いを言語化するなら、なんなのか。経験値が足りなすぎて、まだ見当もつかない。

ただただ今は、彼女と一緒にすごす時間が楽しい。

憧《あこが》れの存在かつ、堕落の先生である彼女のそばに、ずっといられるようにしたい。それだけだ。

言葉を続けられないでいる俺を、弥子さんはじっと見つめていた。しばらくして、ふっふっふっと笑いだす。

「まったく、ピュアぴゅあな若者たちには困ったものだ。ポケットにキュンでも入ってるんじゃないのか？　あたしにもそんな時期があったのか……太古すぎて思い出せんが」

ピュアぴゅあ？　キュン？　よくわからないが、弥子さんは楽しそうに俺の背中をばんばん叩《たた》いてくる。

「まぁ、頑張りたまえよ。少年。あたしはこれから合コンに行ってくる」

「合コンですか。道理で装《よそお》いに気合いが入ってるなーと。弥子さんこそ頑張ってください」

「ありがとう。イケメンがくることを全力で祈《いの》っててくれ」

「それは道中で神社に寄って、神頼《かみだの》みでもした方が……」

「なるほど確かに、そうするよ！　じゃあまたな、少年」

おい、本当に神社行くのか。頼まれる神様も呆《あき》れそうな願いすぎる……。

弥子さんは手を振って去っていく。

離れていく彼女の姿から視線を切ると、俺はアパートの鉄製の錆《さ》びた階段へと一歩踏み出した。


最近、平穏な日々を送っているなぁと、自分で思う。

周りにいる面子《メンツ》は、中々癖のある者が多いが……。

それでも以前——数か月前と比べると、驚くほど心が穏《おだ》やかだ。

そんな俺の、俺たちの日常に、小さな嵐《あらし》がやってきたのは、その翌週のことだった。

❻パジャマファッションショー2

この日は放課後、真倉《まくら》と一緒に帰っていたのだが、

『夏の終わりで地面にひっくり返っちゃったセミを見るとさー、やばいアイス食べとかないと！　ってなるよね』

そんな真倉の独特な感性による発言から、俺たちはコンビニに寄ってアイスを買うことになった。

どうやら真倉さんは、すっかり買い食いに味を占《し》めたらしい。

コンビニの自動ドアをくぐると、

「よっし、何にしよ！」

真倉が張りきって、小走りに店の奥《おく》へと進む。

それに続いて、雑誌棚《だな》の前を通りすぎたときだった。俺は思わず「あっ」と声を漏らしてしまった。

慌てて口を閉じて何事もなかったフリをするが、真倉が不思議そうな顔で振り返ってくる。

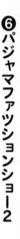

「ん？　どした？」

俺は軽く首を横に振《ふ》る。

「いや、なんでも」

「んー？　なんか今、『あっ』って」

「き、気のせいじゃないか？」

「そうです？　ならいいけど……」

言いながら、しかし怪訝《けげん》な顔つきで、真倉は辺りをきょろきょろと見回す。

そして気づいてしまったらしい。

「あー……。これだね」

俺の方を向きながら、雑誌棚に飾《かざ》られた一冊の雑誌を顎《あご》で示した。それはまさに、俺が先程《さきほど》見つけたものだ。その雑誌は、人気アイドル『七人の小人たち』のメンバーの写真が表紙になっていた。

元々真倉が所属していたアイドルグループだ。

「す、すまん、変な反応してしまって」

「全然ぜんぜん、大丈夫《だいじょうぶ》だよー？」

真倉はふわっと笑い、

「さぁ急げ！　アイスはあっちだ！」

再びずんずんとアイスへと向かっていく。

――失敗してしまった。気にしてないといいけど……。

俺は少し心配をしながら、彼女の後ろについていくのだった。

＊

俺たちはそれぞれ棒つきのアイスを買い、店を出た。アイスの包装を取り、コンビニのゴミ箱に捨てていく。

「やー、この暑いお外で食べるアイスが最高なんですよー、学道《まなみち》くん」

「もう結構秋が近いけどな。今年最後かもな」

「そう考えるとなんだか寂しいね……」

俺たちはアイスを食べながら帰路を歩む。その間、少し会話に間が空いた。

「――さっきの……なんだか久しぶりだったな」

そう口を開いたのは、真倉の方だった。

「さっきの？」

「うん。ほら、あの雑誌の表紙の、メンバーの顔」

「あ、あー」

俺は少し驚いてしまう。真倉がその話題を振ってくるとは。

俺の表情を見て、真倉はふふっと呼気を揺《ゆ》らす。

「その過去のこと、全然NGじゃないから大丈夫だよ。ていうか、学道くんはもう全部知ってるじゃん」

「そ、そうか。それならよかった。……久しぶり、なのか？」

「うん。もちろん今はもう会ってないし、SNSも見てないから。何してるかも全然知らない」

「そうなのか。メンバーと連絡《れんらく》も取ってないのか？」

「そりゃあもう。失踪《しっそう》した身ですから。迷惑かけちゃったし」

「なるほど……」

真倉の身からすると、確かに連絡を取れる状況ではないだろうことはわかる。

「仲いい奴《やつ》とかいたのか？」

俺はなるべく当たり障《さわ》りのない質問を選んで続けた。

今がチャンスだと思ったのだ。

　少しでも、どんなことでも、昔の真倉のことを知りたかった。

「あっ、いました！　一人、とっても大事な後輩《こうはい》ちゃんが」

「へぇ、年下なのか？」

「そうそう！　もともとわたしを推《お》してくれてた子が、もう鎌倉《かまくら》こゆなが好きすぎてアイドルになっちゃいましたって、グループに入ってきたの。それで、『先輩《せんぱい》せんぱい！』って慕《した》ってくれて。ほら、わたし、中学の頃《ころ》、部活とかやってなかったからさ。その呼ばれ方が嬉しくて、めちゃめちゃ可愛《かわい》がってた」

「〝わたしを推して〟？」

「そう。わたしのファンの子って意味です」

「なるほど。それはいい思い出だな」

「はい！　あの子今頃《いまごろ》何してるかなー」

　真倉が目を細めて優《やさ》しそうに笑う。

　そのときちょうど、俺たちの後方で「せんぱーい」という女子の声が聞こえてきた。部活の先輩後輩だろうか。

「そうそうこんな感じで。年下の子がそう言って寄ってきてくれたら可愛いくない？」

「あー。俺もそんな経験はないが……確かに、頼《たよ》られてる感はあるのかも」

のんびりそんな話を続けていたが、

「せんぱーい」

先程よりも大きく、声が耳に届く。

俺は気になって、ちらりと振り返ってみた。

一人の女の子が、そこに立っていた。だぼっとした黒いパーカーに、脚《あし》の細さが際立《きわだ》つ黒のスキニーパンツ。小柄《こがら》だが細身で、スタイルのよさがよくわかる。頭には黒のキャップをかぶっており、ショートヘアーの襟足《えりあし》がちょこんと覗《のぞ》いている。

「先輩！」

さっきから誰かを呼んでいるのは、この少女で間違《まちが》いないようだ。しかし辺りには誰もおらず……。というか、少女の大きな瞳《ひとみ》が真《ま》っ直《す》ぐこちらを捉《とら》えているような……。

少女はただの少女ではなく、ものすごい美少女だった。丸い輪郭《りんかく》で幼い印象だが、目鼻立ちはしっかりと整っている。薄《うす》い唇《くちびる》には艶《つや》やかな赤色が宿っており、潤《うるお》った瞳がきらりと光った。

「く、来羽《くるは》ちゃん……」

その呟《つぶや》くような声は、俺の隣から、聞こえた。

俺は驚いて真倉の方を見る。真倉は大きく目を見開いて、その少女の方を見つめていた。

「先輩……」

え、先輩……、えっ。

本当についさっき、確かそういう話を……。まさか、この子が――。

「な、なんで。ど、どうしてここに？」

真倉が探《さぐ》りさぐりの口調で、そう訊《たず》ねる。

「まさかこっちも、本当に会えるとは思ってなかったです！　先輩、急にいなくなっちゃって、連絡も取れなくなっちゃって。前まで住んでた家も出ていっちゃってるし……。今日たまたまこの近くで撮影《さつえい》のお仕事があったんです。そういえば前に、先輩がこの辺におばあちゃんと従姉が住んでるって話してたの思い出して、少し散歩してみようと思ったら。そしたら、そしたら――」

少女はそこで言葉を溜《た》め――きっと細めた目を俺に向ける。

「まさか先輩が、男の人と一緒に歩いてるなんて――！」

「えっ――」

俺は驚いて何も返せず、口をぱくぱくさせてしまった。

おそらくだが、状況《じようきよう》から推測するに、この子は何か大変な勘違《かんちが》いをしている気がする。

「ま、待って、来羽ちゃん――」

「先輩。急に失踪しちゃうくらいですので、何か事情があるとは思ってました。みんなにも、話しにくい何かが――。でも、まさか、男の人ができたからだったんですか？」

「ま、待ってまって、来羽ちゃん」

「待てません！　大切な先輩を……。あなたいったいどこの馬の骨なんですか！」

再び俺の方に尖った視線が向けられる。

「来羽ちゃん、勘違いだよ、かんちがい。話を聞いて」

真倉が一歩進み出る。

「むぅ」

頬《ほお》を膨らませながら、真倉を見上げる少女。そんな少女の身体を、真倉はおもむろにぎゅっと抱き締《し》めた。

「久しぶり、来羽ちゃん。急にいなくなってごめんね。わたしも、すごく会いたかった」

「せ、先輩……」

はっとした表情を浮かべながらも、少女は特に抵抗《ていこう》はしない。

「この人はね、本当にわたしの友達。根来《ねごろ》学道くん。それにわたしの同級生だから、来羽ちゃんの先輩だよ。悪く言わないで――仲よくしてあげて」

そう真倉が言うと、

「……くっ、ね……ねね……根来先輩……」

なんとか素直《すなお》に従ってくれる。俺にとっては人生初『先輩』だった。ただ、がるるると警戒《けいかい》の姿勢は解かれていないよう。

やがて少女は俺から視線を外すと、真倉の顔を見上げる。

「……それより、こゆな先輩、いったいいつ戻ってきてくれるんですか？　先輩がいないと、自分もう……」

「ど、どうしたの？」

「なぜ、アイドルをやってるかわからなくなって……」

最後の方は、僅《わず》かに声が震《ふる》えていた。

真倉が戸惑《とまど》ったような表情で、俺の方を振り返ってくる。

俺はふるふると首を横に振った。すまんが展開が急すぎてついていくので精一杯《せいいっぱい》だ。

どうも少女は何かに悩《なや》んでいるようだが……。

「来羽ちゃん……」

真倉は少女の頭を撫《な》でながら、しばし考えこんでいるようだった。

やがて、何かいい案を思いついたようにぱっと顔を上げる。

「そうだ、来羽ちゃん。とりあえずちょっと、ウチくる？」

顔を上げた少女は、驚《おどろ》いたように目を瞬《またた》かせた。

「せんぱいの、おうち？」

真倉はぱっと笑顔《えがお》を咲《さ》かせ、大きく頷《うなず》いた。

「そう。居《い》心地《ごこち》、いいんだよ？」

＊

噂をすればなんとやらとは言うが……。

俺たちは突如《とつじょ》ご本人登場したアイドル少女と共に、真倉の部屋に向かっていた。今は少女が後ろから、俺たちについてくる格好になっている。

「えーと、あの子は兎山《うやま》来羽ちゃん。あ、アイドルのときは、桃森《ももり》くるはって名前で、みんなには『くるはたん』って呼ばれてる」

「ほう。年下って言ってたよな？」

「うん！　今は中学二年生になってるのかな」

真倉に教えてもらいながら、俺はスマホを取り出して『桃森くるは』で検索《けんさく》をかけてみる。すると、黒髪《くろかみ》ショートヘアーの彼女《かのじょ》の写真がたくさん表示された。

本当にアイドル、七人の小人たちのメンバーらしい。おそらく先程の雑誌の表紙の中にもいたのだろう。

「……いいのか?」

俺は小声で真倉に訊ねる。

「どういう意味です?」

「いや、あの子、部屋にまで入れちゃって。気を遣ったりしてしまうんじゃ……」

言いながら、俺はちらと背後に視線を送る。兎山はキャップを目深《まぶか》にかぶり、少し俯《うつむ》き加減で歩いている。

「来羽ちゃんはなんだかんだ、グループの中で一番仲よくしてた子なの。そんな子にも何も伝えず逃《に》げてきちゃったんだけど……。さっき再会してみたら、来羽ちゃん相手なら割と普通に話せそうだったから」

「そうか。それならいいが……」

特に真倉が無理している様子もなく、俺は少し安心する。

「あとさ、ちょっとほっとけない感じだったし」

「あー」

兎山は何かに悩んでいるようだった。先程真倉に抱《だ》き締められたときは、抱《かか》えている想《おも》いが溢《あふ》れかけのところまできていたように思う。

確かに、放ってはおけないだろう。真倉は家に兎山を呼んで、元気づけてやるつもりなのだろうか。

そんなことを考えていると、急に真倉がにやにやしながら、俺の顔を覗きこんでくる。

「あらぁ、学道くん。せっかくのわたしとの二人の時間が減っちゃって、しゃみしぃのかなぁ？」

「うざい演技だな……」

「あははは。でも、否定はしないんですね！」

言って、にっと嬉しそうに笑みを浮《う》かべる真倉。

「べ、別に、そこまで考えての返事じゃ――」

俺は慌ててそう返す。逆に必死感が出てしまっているだろうか。

しかしながら、うまい言葉を見つけられずにいると、

「わたしも、ちょっと残念です」

ぽそっと、真倉がそう口にした。

「えっ」

思わずドキッとしてしまう。心臓が急速に脈打ちだす。

「わたしもさ、学道くんと二人で今日も堕落するぞーって思ってたから」

「ああ」

「でも、ごめん、ちょっとだけ……ほんとに大事な後輩なの。だから……」

「ああ、わかってる」

兎山のことが気になるのだろう。客観的に見ても、その気持ちはわかる。

俺が頷くと、真倉は「ありがと」と短く言ってもう一度小さく笑ってくれた。

＊

五分も経《た》たず、俺たちは真倉の部屋の前に辿《たど》り着いた。

真倉には何か作戦があるようで、「散らかってるから片づける時間がほしい」と言って、一旦《いったん》兎山を部屋の前に残した。

それから俺をつれて部屋に入ろうとする。

「なっ、なんで根来先輩は中に⁉」

兎山が驚いて声を上げた。なぜ散らかっている部屋に、自分はダメで、男である俺は入っていいのか疑問に思っているのだろう。

「ちょっと準備を手伝ってもらうからだよー」

と、真倉はへらりと笑って扉《とびら》を閉める。

「ちょっ、お二人、やっぱりどういう関係なんですか！」

そんな声が外から聞こえてきた。

俺は真倉の指示通りに、廊下《ろうか》で準備をした。そこでなんとなく、真倉のやろうとしていることの察しがつく。

これ……ほんとにやるのか？　なんというか、強行突破《とっぱ》感があるが、大丈夫だろうか。ただ、真倉が兎山のことを想ってやろうとしていることなので、俺は言われた通りにしながら見守ることにした。

やがて真倉の準備も整い、兎山を呼びに玄関《げんかん》へと向かう。

「ごめんねー、お待たせー。どうぞどうぞー」

「お、お邪魔します」

開いたドアの隙間《すきま》から、ひょこっと顔を覗かせる兎山。少し緊張《きんちょう》した様子でそろそろきょろきょろと、中を窺《うかが》いながら入ってきたが、

「あれっ、お二人とも着替《きが》えたんですね。って、先輩、なんて格好してんですか!?」

最後は真倉の姿を見て、困惑《こんわく》した声で叫《さけ》んだ。

「これ？　へへへっ、可愛いでしょ」

真倉はひらひらとしたレースの、ワンピース型のパジャマ姿だった。楽しそうに笑いながら、両手でスカートの裾《すそ》をつまんで広げてみせる。

「どう？　どう？」

「ど、どうって言われても……めちゃめちゃ可愛いですが。男の人もいるのにそんな格好は……。胸元《むなもと》も緩《ゆる》すぎますし……」

「それは大丈夫だよ。学道くんは見慣れてるし」

「み、見慣れ――!?」

兎山がばっと俺の方に顔を向けてくる。眼光が鋭《するど》い。

真倉さん、今の発言は誤解を呼ぶぞ……。俺は慌ててフォローを入れる。

「み、見慣れてるって、パジャマ姿をだぞ？」

「パジャマ姿を見慣れてる!?　どういうことですか!?　先輩たちはお友達なんですよね!?」

あ、ダメだ。逆効果だったかもしれない。

「そもそも、なんでこんな昼間からパジャマを……。え、待ってください、根来先輩が着《き》替《が》えたそのジャージってもしかして」

「ああ。一応、パジャマだが……」

「パジャマ！　やっぱりパジャマだ！」

そのとき、「ふふふふふっ」と真倉が笑いだした。

「どうやら気づいたようだね、来羽くん」

「な、何キャラですか……」

「この家にはドレスコードがあるのだよ。従って、これより先に進むには、パジャマに着替える必要がある」

「パジャマじゃないと入れないお家!?」

「そう。ここはただのお家じゃない。究極の堕落施設《だらくしせつ》だ！」

「だ、堕落……」

真倉がそう言いきったときには、兎山は口を半開きにぽかんとしていた。理解が追いついていないのかもしれない。

「とりあえず、パジャマって持ってきてないよね？　その今着てるパーカー、パジャマ扱《あつか》いだったりする？　来羽ちゃんの中でパジャマ判定なら、それでもいいんだけど」

口調を戻《もど》して、真倉が訊ねる。

「扱い？　判定？　パジャマって概念《がいねん》!?」

兎山はまだ混乱している。

「大丈夫、心配ないよ！　たくさん準備しておいたから」

そう言って、真倉は左手にあった洗面所のドアを開けた。中に入り、何かを抱えて出てくる。色とりどりのパジャマの山だった。

「これ全部パジャマですか？」

「うん！　さぁ、来羽ちゃん、着替えましょー。パジャマファッションショーの始まりだよ！」

そう元気よく言い、真倉はパジャマを床《ゆか》に置いて兎山の手を取る。それから「おー！」と言って自分の手と一緒に天にかざした。兎山はされるがまま。

おそらくここで着替えることになるだろう。俺は空気を読んで、リビングへと退散するのだった。

＊

数分後、リビングに入ってきた兎山は、赤いハートがちりばめられた前開きのパジャマ姿だった。

「どう？　学道くん。可愛いです？」

部屋の入口に立って、真倉が嬉しそうに訊ねてくる。

兎山はキャップを外していた。目にかかる前髪《まえがみ》を軽く横に流した黒髪のショートボブが、とてもよく似合う。

真倉から借りたパジャマはほんの少しオーバーサイズのようで、兎山は袖《そで》からちょんと指を出しながら口許《くちもと》をおさえていた。そして、目線はどこか恥《は》ずかしそうに横に逸《そ》らしている。心なしか、頬の辺りが少し熱を持ったように染まっている。

「ぱ、パジャマ姿なんて、お仕事でも他人に見せたことないですよ？」

そう戸惑ったように真倉を振り返る兎山。

「わお、もったいない。こんなに可愛いんだから、来羽ちゃんのパジャマ姿は全国民に公開するべき！　ね、学道くん」

「お、おう。確かに」

「ね、根来先輩は見ないで！」

我に返ったように言って、身をよじってパジャマを隠《かく》そうとする。

にしても、さすがアイドルというべきか。顔が整っているのはもちろんだが、同時に輝きというか、オーラのようなものも感じられる。普通《ふつう》に生活していてこんな女の子は見たことがない。学校で一番と噂《うわさ》される美少女だって、兎山の隣《となり》に並ぶと存在感が薄まってしまうだろう。

――ウチの学校は、保健室にラスボスレベルの奴が一人いるので例外なのだが……。

俺の返事を聞いて、真倉は満足そうに頷いた。それから兎山に言う。

「よし、じゃあ次だよ！」

「つ、次⁉」

まぁ、ファッションショーって言ってたからなー。俺はそんなことを考えながら、廊下へと引っ張られていく着せ替え人形の背中を見送る。

次に現れた兎山は、テディベアの総柄《そうがら》のセットアップを着ていた。スウェットのような生地《きじ》感で、とてもリラックスできそう。そして頭には、茶色いクマの耳がついたヘアバンドをつけていた。

「はい！　クマくまファッションです」と真倉。

そのキラキラした瞳に感想を求められている気がして、俺は答える。

「と、とてもいいんじゃないか？」

もっと気の利《き》いた言葉を選んだ方がよかっただろうか。

『ボーイッシュな女の子があえて着る、可愛い系のパジャマのギャップが最高』とか『クマ耳のもふもふ具合に思わず頭を撫でたくなる！』とか。

ただ残念ながら、真倉の隣では赤い顔の上目遣《うわめづか》いがこちらに向いており……。

そんな言葉を、恥ずかしがる女の子にぶつけられるメンタルが、俺にはまだ備わっていなかった。……残念か？

真倉は腕《うで》を組みながら、うんうんと首を縦に振る。

「じゃあ、次のに着替えよー」

「ま、まだやるんですか？　そろそろ中に」

「だって、久しぶりに可愛い来羽ちゃんに会ったんだもん。いっぱい堪能《たんのう》しないと！」

「堪能って、なんなんですか⁉　……もぅ」

もしかすると、アイドル時代もこうやって真倉に可愛がられて？いたのかもしれない。

嫌々《いやいや》だけど仕方なくつき合う兎山が想像できる。こうして偶然でも会えないかと捜《さが》しにくるくらいなので、そのことからも兎山は真倉のことを慕っていることがわかる。二人の間には強い信頼《しんらい》関係があるのだろう。

次に現れたのは——一匹《ぴき》の野うさぎだった。

ピンク色の、うさぎの着ぐるみパジャマだ。垂れた白い耳が特徴的《とくちょうてき》で、お腹《なか》の辺りにハート形のポケットがついている。

初めて見るな。真倉の奴、こんなパジャマも持ってたのか。

俺《おれ》がまじまじ見ていると、

「ど、どうですぴょん……？」

軽く首を傾《かし》げ、おずおずと兎山が訊《き》いてくる。

あざとい語尾《ごび》は計算か天然か、それとも真倉に言わされているのか。

「こ、これでいいですか？」

そう言って、兎山が真倉を振り返る。どうやら後者だったらしい。それから両手でうさぎボディを隠そうとしながら、じとっとした目で俺を見てくる。

感想を求められたんだったか……。

「まぁ、可愛いな……」

一応本音で、俺は答えた。なるべく簡潔に答えようとすると、これしかなかった。

兎山は顔を上げ、目を数度瞬《またた》かせる。

「あ、ありがとうございます」

彼女がぺこっと頭を下げると、垂れ耳がぴょこんと前に飛んできた。次に顔を上げたときには、納得《なっとく》がいかないように口を小さく尖らせ、視線を横に逸らしている。

基本的には素直で、悪い子ではないようだ。

俺がそんなことを考えていたところ、

「ねぇ、学道くん……？」

ドアの方から、声が聞こえてくる。

「わたしには何かないのかな？」

気づいてはいたのだ。今回はなぜか真倉も別のパジャマに着替え、姿を現していた。これまで何度か見たことのある、サメの着ぐるみパジャマだった。

しかしながら、先頭で出てきた初見のうさぎの着ぐるみに話しかけられたものだから、反応が遅《おく》れてしまった。

「お、おう。似合ってるぞ」

俺がそうコメントすると、

「そ、それだけ？　さっきのうさぎさんには、可愛いよマイバニーとか口説いてたくせにシャーク！」

「サメの語尾シャーク⁉」

「もうバカ！」

真倉は拗《す》ねたように頬を膨《ふく》らませながら、兎山の腕を取って廊下へと戻っていく。

怒《おこ》らせてしまったようだ。

もちろん、真倉のサメも……悪くはなかったのだが。

「ちょっ、こゆな先輩！　これはやばいですよ！　なんでこんなの持ってるんですか！」

「えへへ、可愛いでしょ？　色違《いろちが》いで揃《そろ》えてたの」

廊下でドタバタする音が聞こえ、俺はドアの磨《す》りガラスへ目を向けた。何やら暴れているシルエットが見える。

「ちょっ、まずいですって。わたし、先輩とサイズ違《ちが》うし、もしずれちゃったら」

「大丈夫だいじょうぶ。とりあえず一回着てみ。来羽ちゃん絶対ぜったい着こなせるから」

どうも真倉がちょっと問題のある服を、兎山に着せようとしているらしい。磨りガラス越《ご》しに肌色《はだいろ》がちらちらと見え隠れし、俺は慌《あわ》てて顔を逸らす。

いったいどんな……。

気づけば無意識に唾《つば》をこくっと飲んでしまっていた。

やがて、勢いよくドアが開き、女子たちが二人くっつきながら登場した。

「じゃーん！」

肩《かた》の部分が、紐《ひも》になっていた。

真倉が赤、兎山が白の色違い。薄いキャミソールワンピースに、ベルベットの長袖《ながそで》ガウンを纏《まと》っている。

「見て、セクシーでしょ？」

言って、全身を披露《ひろう》するように、腰《こし》を捻《ひね》って背中を見せてくる真倉。

しかしながら、「見て」と言われても、なんとも目のやり場に困ってしまう。胸の、谷間が……。開いた胸元から綺麗《きれい》な白の膨らみが二つ、存在を主張している。

「す、すごいな」

「んー？　すごいとはー？」

真倉が一歩前に出て、いじわるそうな笑《え》みを浮かべながら俺の顔を覗きこんでくる。ちょ、前かがみになると、余計に見え……。そんな彼女の頬は、若干《じゃっかん》赤く火照《ほて》っている。

なんでそんなに捨て身なんだ……。

そうこられると、こちらも期待に応えなければならない。

「すごい……すごく、綺麗だ、と思う」

そう、俺が正直に述べると、真倉は「えへへへ」と嬉《うれ》しそうに笑顔を見せた。

「滅多《めった》に着ないからね、これ。真倉こいろ、ＳＳＲって感じだよ」

「ＳＳＲ？」

「すっごく素晴《すば》らしいレアってこと」

そんな会話をしていると、

「も、もうそろそろいいですか……？」

真倉の後ろで、兎山はずっともじもじとしていた。いつの間にかガウンの前を合わせ、両手で押《お》さえている。

「来羽ちゃんも、めちゃめちゃ可愛いんだから。隠さないで！」

「あっ」

真倉に腕を取られ、兎山のガウンがはらりとめくれる。露《あら》わになったのは、白のサテン地に包まれた小柄な身体。少し真倉のパジャマが大きいのか、袖の下や襟元《えりもと》に余裕《よゆう》があり、際どい部分が見え隠れしている。

「昔、雑誌の撮影で一緒《いっしょ》にこんな格好したことあったよね。こうやって抱きついたり」

言って、真倉が兎山に抱きつく。

「わっ、ちょ、先輩！」

しかし勢いが強かったか、兎山が真倉を受け止めきれず、一緒に床に倒《たお》れてしまう。

「きっ、きゃっ」

床に尻《しり》もちをつく兎山。それに覆《おお》いかぶさる真倉。

俺の位置からは、とんでもない絶景が広がっていた。

赤いワンピースの裾から覗く、ひらひらのレースに縁取《ふちど》られた純白。それから、開脚《かいきゃく》された脚の隙間に覗く、夏の晴天のような水色。

真倉が慌てて身体を起こし、キャミソールの裾を持って下に引っ張る。続いて起き上がった兎山は、急いで足を閉じて上から手で押さえた。

そして二人して、キッと刺《さ》すような視線を俺の方に向けてくる。

「み、見た？」と真倉。

「変態！」と兎山。

「な、何も見てません」

俺はぶんぶんと身体の前で手を振り、無実を訴《うった》えた。

「嘘《うそ》だ。見えたでしょ」

「いや、何も」

「不可抗力《ふかこうりょく》だし、別に怒らないよ？」

「……まぁ、今のは確かに仕方のない部分が――」

「ちょっと記憶《きおく》を消去させてもらうくらいだし」

「一切《いっさい》見てません！」

あっぶねぇ。一瞬優《いっしゅんやさ》しい言葉に騙《だま》されかけた。記憶消すってどうやってだよ。物理的方法しか思いつかないぞ。

「むぅ……学道くん、生まれはどちらでしたっけ。お母さんはお元気？」

「おい、まず緊張を解して親密になろうとする刑事《けいじ》の取り調べか！」

そんなこんな。

結局、男子の前で今のキャミソール型のパジャマ姿は危険ということで、真倉と兎山は廊下で別のパジャマに着替えることになった。

部屋の中で待つ間、脳裏《のうり》には鮮《あざ》やかな二色が何度もちらつき、俺はその度に忘れまいとするようにぎゅっと目を瞑《つぶ》って思い起こそうとしてしまうのだった。

……これは仕方ないよな。

＊

「なんなんですか、もう……」

再び部屋に入ってきた兎山は、ぐったりしたように床に腰を下ろすと、深くため息をついた。

真倉につき合わされ、どうやらかなり疲《つか》れたようだ。……心中お察しする。

もうすぐ仕事に戻らなければならないらしく、最初に着ていた自分のパーカー姿に戻っていた。

「やー、ごめんねぇ、お茶しかないや」

廊下から、そんな真倉の声が聞こえる。見れば、サメが一匹、冷蔵庫を漁《あさ》っていた。

……それ、ほんとに気に入ってるんだな。

「あ、いえ、すみません。お構いなく」

兎山が廊下へと呼びかける。

真倉は両手にペットボトルを持ち、冷蔵庫の扉をお尻で押し閉めてリビングに戻ってきた。

「ごめんね、お茶、コップに入れるね」

「ありがとうございます。いきなりお邪魔《じやま》しちゃったのに、すみません」

「ううん、全然、ほんとはもっとゆっくりしていってほしいけど――。学道くんは、一昨日に持ってきてたペットボトル、まだ開けてなかったから冷蔵庫に入れといたの。それでいいかな？」

「ああ、ありがとう」

この前ペットボトルの水を二本買ってきて、結局一本しか飲まなかったのだが、どうせまたくるのでそのまま置いておいたのだ。

ばたばたして喉《のど》が渇《かわ》いていたので、俺は受け取ったペットボトルをすぐに開けて口をつける。

　そんな俺と真倉の様子をじっと見ていた兎山が、口を開いた。

「結局、お二人はどんな関係なんですか？　もうすぐここを出ないといけない時間ですが、最後にそれだけ教えてください。根来先輩はここにしょっちゅうきてるみたいですが」

　少し目尻《めじり》の上がった猫《ねこ》のような瞳が俺を捉える。一旦《いったん》敵意を収め、事実確認《かくにん》をすることにしたようだ。

「関係……」

　俺は呟きつつ、真倉の方に視線を送った。ここでどう説明するかは、真倉の判断に委ねたい。何をどこまで話すか、俺の方では決められない。

「その、もし、二人がおつき合いしてるとか、そういった秘密があったとしても、どこにも喋《しゃべ》りません。それでアイドルをやめちゃったっていうのは、ちょっと……や、めちゃめちゃどうしようもなく残念ですが。密《ひそ》かに恨《うら》んじゃうかもですが」

　むっとした顔を俺に向けつつ、

「それでも、秘密は守ります。こっちはずっと、こゆな先輩《せんぱい》の味方でいたいので」

　そう言って、今度は真倉を見つめる兎山。

　ほんの少し、思案の間があった。真倉はふっと息をつくと、それから兎山の前で正座をする。

「んー、そうだね。来羽ちゃんには話しておかないとだね」

つられて俺も、姿勢を正した。

「わたしはね、この部屋で、学道くんと――」

そこで真倉は言葉を溜める。兎山がこくっと息を呑《の》む音が聞こえた。

俺もなんだか緊張してくる。そんな中、真倉の声が静かに部屋に響《ひび》いた。

「――堕落《だらく》、しているの」

俺は思わず兎山の反応に注目してしまう。

兎山は一度では理解できなかったようで、目をぱちぱちさせながらそのワードを繰《く》り返した。

「……だらく？」

「そう、堕落」

「堕落……」

兎山は眉間《みけん》に皺《しわ》を寄せ、首を傾げる。

まぁ、普通にそれだけ聞いてもわからないよな。

「基本的に、部屋でのんびりしたり遊んだりする感じだ」

俺は軽い説明を挟《はさ》んでやる。

「のんびり、ですか?」

真倉が「そう!」と大きく頷いた。

「のんびり、だらだら。好きなことしてー、お昼寝《ひるね》してー、お休みの日は一切外に出ず、冷房《れいぼう》の利いたお部屋で毛布かぶってぬくぬくして」

「え……と……。ご飯はちゃんと食べてるんですか?」

兎山は戸惑いを隠しきれない様子で、ひとまず手近に思いついたような質問をする。

「食べてるよ! まぁ、カップ麺《めん》とか冷凍《れいとう》食品も多いけど」

「土日も外に出ず?」

「そうだねー。一日パジャマ姿だし」

「あっ! 先輩が昔に教えてくれた、毎日欠かさずこなしてるっていう筋トレメニューは?」

「あー、あれ中々しんどいよねー。今までできるかなー」

「なっ……こっ、こんなの具合悪くします! あの頃《ころ》の——アイドル時代の先輩はどこにいったんですか⁉」

あ、叫んだ……。

以前の真倉との違いに理解が追いつかなかったのかもしれない。

そういえば、兎山は元々アイドル鎌倉こゆなのファンだったと真倉が話してたっけ。

「堕落？　そんなの意味がわからないです！　どうして先輩がそんなこと……」

そう続ける兎山に、真倉がにやりと笑う。

「でも来羽ちゃん、キミは今、その堕落を推進する、堕落教の本部に迷いこんでいるんだよ？　さぁ、だらーん」

「だらーん」

真倉に続けて、俺も言う。

「リピートあふたみー、だらーん」

「だらーん」

兎山は恐怖《きょうふ》したような顔つきで、俺と真倉を交互《こうご》に見る。

「ちょ、ちょっと先輩方《せんぱいがた》、ど、どうしたんですか？　怖《こわ》いんですが……」

「だらーん」

「だらーん」

「す、すみません。今日は時間なんで、失礼しまーす！」

慌ててキャップをかぶり、そそくさとリビングを出ていく兎山。完全に逃げ出した形だ。

「ちょっ、帰り道わかる?」

そう真倉が声をかけるも、廊下でガチャとドアの開く音がする。

俺は慌てて立ち上がり、兎山のあとを追いかけた。

靴《くつ》をひっかけて部屋を飛び出し、アパートの階段を下りたところで、彼女に追いつく。

「大丈夫《だいじょうぶ》か？　帰り道。そこまで送っていこうか」

そう声をかけると、兎山が足を止め、横目でちらとこちらを見た。

「いいです」

兎山はすぐにまた歩き始める。そのときぽそっと呟《つぶや》く声が、俺の耳に届いた。

『なんで……。あの憧《あこが》れの先輩は——』

俺はつい反射的に、「憧れ?」と訊《たず》ねてしまっていた。

すると予想外に、再び兎山が立ち止まり、振《ふ》り返ってくる。

「……それ、あまりこゆな先輩には言わないでほしいです。思わず漏《も》らしちゃった心の声なので……」

「お、おぉ。憧れっていうのをか?」

「はい。今のこゆな先輩には、あまり話せないし——。なので、秘密で」

最後に小さくぺこっと頭を下げ、兎山は駅へ向かう方向へと歩きだした。

階段を上がると、真倉が玄関を開けて外の様子を窺っていた。俺たちは二人で部屋の中へと戻る。

「……少しやりすぎたかな？」

そう真倉が訊いてくる。

「そうだな……」

俺も悪ノリしてしまった。大丈夫だろうかと心配になる。と同時に、先程《さきほど》の兎山との会話が、頭の中でリフレインしていた。

憧れ……。

部屋が静かになる。するとその空気を変えるかのように、真倉が明るい声を上げた。

「やー、まぁ、だいたいみんな最初はあんな反応だからねぇ。仕方ないよ。もっと、堕落が民衆に広まれば、変わってくるんだろうけど」

「ちゃんと教祖の悩《なや》みだ⁉」

確かに俺も、最初はわけがわからず引いていたが……。

「うははは。まぁ、それは冗談《じょうだん》として。今のわたしにできるやり方で、元気出してもらおうと思ったんだけどさ」

真倉は目を細め、宙を見上げる。

なんと返せばいいか、俺が迷っていると、真倉の声がぽつっと続いた。

「また会えるかな……」

❼憧れと憧れ

この時期の塾《じゅく》は、なんだか空気がぴりぴりしている。年明けに受験を控《ひか》えた高三生たちが、独特の緊張感を醸《かも》し出しているのだ。

高校一年からこの塾に通う俺にとって、初めて味わう空気だった。受験戦争の最前線にいる気分である。

──夏休み前の俺だったら、きっとこの雰囲気《ふんいき》についていけていなかっただろうな……。嫌気《いやけ》が差して、自習室から飛び出していたに違いない。自分はなんのためにここで頑張《がんば》らなければならないのだろう、と。

今でも夢や具体的なやりたいことがあるわけではないが……。

ひとまず来月にある全国模試でいい成績を残すことを目標に、俺は対策を進めていた。真倉《まくら》から、勉強をすること自体が無意味にはならないことを、教えてもらえたから──。

一九時。

塾の外に出ると、辺りはすっかり陽が落ちていた。遠く西の空に残るちらちらと赤い夕《ゆう》陽《ひ》の残影《ざんえい》に、俺はぐっと目を細める。

大きく一度深呼吸をすると、涼《すず》しい空気が喉を通って肺に染《し》み渡《わた》った。

休憩《きゅうけい》がてら、飲みものを買いにいくつもりだった。

しかし、歩きながらポケットからスマホを取り出した俺は、思わず足を止める。

画面に、真倉こいろの名前が表示されていた。

届いていたメッセージを、俺は急いでタップした。


『ねね、今から来羽《くるは》ちゃんがきます。学道《まなみち》くんどう?』


それは真倉からのお誘《さそ》いだった。

……いや、もしかすると、ヘルプの要請《ようせい》かもしれない。

以前、兎山《うやま》が現れた日、俺たちは真倉の部屋で新興宗教の勧誘《かんゆう》のような驚《おどろ》かし方をしてしまった。

トラウマを植えつけてしまっていたらどうしようと、俺は内心心配していたのだが、全くそんなことはなく……。

『先輩がだらだら堕落してないか、チェックしにきました！』

しっかり者の後輩《こうはい》兎山は、そんなセリフと共に再び真倉の部屋に現れた。

『来羽ちゃんおいすー！　今日は何する？　ゲーム？　漫画《まんが》？』

『もちろんトレーニングですよ！　毎日の日課です！』

『え。やだー、無理ー、動けないー』

『ダメですよ！　しっかりしなきゃ！　体力落ちちゃいますよ！』

『じゃあ、わたしにゲームで勝ったら、いいよ？』

結局、ゲームで真倉が兎山に負けることはなく、筋トレをさせられている姿は見られなかった。


また別の日も、兎山は懲《こ》りずにやってきた。土曜日の夕方だった。

『今日こそやりますよ！　だらだら禁止！』

『え、お休みなのに……』

『休日だからこそです！　昔みたいに走りにいきましょう！　筋肉もうずうずしてるはずです！』

『無理……。今日お昼にパン一枚しか食べてないし、走ったりしたらカロリー赤字で倒れちゃう』

『カロリーはマイナスにしてなんぼですよ！　とにかく行きましょう！』

『うっ、お、お腹がすいて眩暈《めまい》が……。今日は家で堕落しないと……。実はさ、もう宅配でご飯頼《たの》んでるんだよね。それ食べてからでもいいなら、走るのつき合うよ？』

『ま、まぁ、それなら……』

　そこで折れた兎山だったが、真倉が頼んでいたのは宅配ピザだった。その夜、俺が遊びに行く予定があり、多めに頼んでくれていたピザだったのだが、もちろんピザパーティーということで兎山も食べることになり、結局みんな満腹になったことでランニングの話は有耶無耶《うやむや》に流れてしまった。


　またある日の夜のこと。

『今日はもうお外暗いので、家の中でトレーニングですね！　昔こゆな先輩が教えてくれた、最強メニューやりましょう！』

『あー、でも、学道くんきてるし』

『根来《ねごろ》先輩も一緒にやりますよね？』

『俺も!?』
『やりますよね!!』
ものすごい圧だった。
『きてる人は責任を持って全員参加ですので!』
と、兎山が張りきっていたときだった。
『うぃーす、こいろー! ありゃ、誰《だれ》かきてんのか? 少年……と、可愛《かわい》子ちゃん?』
前触《まえぶ》れなく突然《とつぜん》、鍵《かぎ》が開けっぱなしだった玄関《げんかん》の扉《とびら》が開き、弥子《やこ》さんが入ってきた。
『弥子ちゃんおいすー。この子、アイドルのときの後輩《こうはい》の来羽ちゃん』
『は、はじめまして』
『ほぉ、こいろが部屋に友達を……。そんで、今何してたんだ?』
弥子さんは軽く会釈《えしやく》を返しつつまじまじと兎山を見てから、真倉の方に視線を戻す。
『今? いつも通り、部屋でだらだらって感じだよー』
『なるほど。これから何かする予定は?』
『ん? 特に何も』
『え、ちょ』
兎山が慌てた声を漏らす。

『そうか！　ちょうどいい！　そんじゃあ今から酒盛りでもするぞ！』

『いえーい！　酒盛りー！　ほとんどみんなお酒飲めない年齢《ねんれい》だけど盛り上がろー！』

『確かに……オセロ方式であたしも二〇歳以下になんねーかなー。聞いてください、今日の肴《さかな》、彼氏《かれし》が年下の女と浮気《うわき》してた話ー』

『とりあえずなんか、おつまみ作れるか冷蔵庫見てくるね！』

『おお、サンキューこいろ！　じゃあ、少年少女は聞け。SNSのコメントで、彼氏にちょくちょく絡《から》んでくる女がいたんだ。なんだこいつと思ってたんだけど、ある日、ぱったりそのやり取りが止《や》んだ。かといって安心……してはいけない。むしろそれは危険サイン。SNS上のやり取りがなくなったってことは、そいつらが直接会っている可能性がめちゃめちゃ高い。というか、いつの間にそこまで進展してたんだよあの野郎《やろう》……』

『あの、とれ、トレーニング……』

　こうして、弥子さんの乱入で、その日は未成年だらけの酒盛り（弥子さんの恋《こい》バナ大会）になったのだった。

　そんな感じで、兎山は何度か部屋に通い、堕落教教祖との攻防《こうぼう》?を繰り広げている。

　真倉自身は、兎山がきたときは無邪気《むじゃき》な笑顔《えがお》が多く、楽しそうにしている。そして、なんだかんだ筋トレをさせられているところも見たことはない。ただ、あんまり兎山がしつこいときは、『学道くーん、助けてー』とヘルプを求められ、そこからなんとか別の話題に話を逸らすのが俺の役目になっていた。

兎山は鎌倉《かまくら》こゆなに憧れていたと聞いている。もしかすると、今こうして部屋を訪ねながら、真倉をアイドルに復帰させたいと企《たくら》んでいるのかも。

まぁ、俺の憶測《おくそく》にすぎないが。

「飲みものは部屋に行く途中《とちゅう》で買うか……」

俺は一旦自習室に戻《もど》って鞄《かばん》を回収すべく、その場で踵《きびす》を返すのだった。

＊

『鍵あけとくから、そのまま入ってきてください！』

俺が今から行くとメッセージを送ると、真倉からそんな返事が戻ってきた。

ちょいと不用心ではないだろうか。兎山はもう着いているのか？　街灯の灯《とも》った住宅街を、俺は気持ち速足で真倉の家へ向かった。

真倉の部屋の前に着き、ドアノブを握《にぎ》る。言われた通り、鍵はかかっていなかった。そろりとドアを開き、中に呼びかけようとして──俺は思わず口をつぐんだ。

何やら怪《あや》しい声が聞こえたのだ。

「──んんっ、あっ。き、気持ちい。あっ、そこそこ」

な、何をおっぱじめてるんだ⁉　真倉の声だよな？　え、ちょ……。

俺はパニックになりながらも、急いでドアを閉めて玄関の中へ。声が外に漏れるのはいろいろまずい。……でもこれ、入っていいのか？

妙《みょう》に色っぽい声音《こわね》から、変な想像をしてしまうが……。まさか、俺がくることは伝えているし、そんな見られちゃまずいようなことはしていないはずだ。

そもそも、相手がいないじゃないか。俺以外にここを訪ねてくる者なんて、数が限られている。

『学道くんがいないと遊ぶ人いないから、基本的にゲームはソロプレイなんだよねぇ。難しい狩《か》りとか行くとき大変』

そんなことを真倉は言っていたくらいだ。

──待てよ。

ソロ？　ソロプレイ？　ソロプレイなのか？　一人で狩りに行っているのか⁉

俺は無意識にこくんと唾を飲みこんでいた。

とにかく、ずっと廊下《ろうか》にいるわけにもいかない。

俺はひとまずバレないよう、部屋のドアに近づき、ゆっくりと手を添《そ》える。ドアに顔をくっつけながらノブを回し、静かにしずかに中を覗《のぞ》いた。

「あっ、そこ。痛い！　痛いけど気持ちいい！」

ベッドの上で、人が人の上に馬乗りになっていた。真倉と——兎山だ。そして、上に乗る兎山が身体を沈《しず》めこます度に、真倉が思わずといった調子に声を上げる。

これは、もしかして……。

「何してるんだ？」

俺が訊ねると、二人ががばっと振り返った。

「やぁ、学道くん！　待ってたよ！　今ねー、来羽ちゃんにマッサージしてもらってたの」

「マッサージ……」

……いや、やっぱりそうだよなぁ！　見た感じそうだったから、一応訊いてみたんだが、予想が正しくてよかった。

逆に間違《まちが》っていたらとても困ってしまうところだった。これがマッサージでなければ、もう連想される答えはいかがわしいものしか……。

「でも、なんでまた急にマッサージ？」

俺が訊ねると、兎山が身体を起こした。今日は珍《めずら》しく、初めてみる紺色《こんいろ》のセーラー服姿だった。中学校の制服だろうか。

最近の中学生は学校終わりに堕落施設《だらくしせつ》に寄り道するらしい。……特殊《とくしゅ》すぎる例か。

「決まってるじゃないですか！　マッサージは筋肉とのスキンシップだからです！」

そう兎山がはきはきと答える。

「スキンシップ……？」

「はい！　こうして触《ふ》れ合うことで、ほぐし、癒《いや》し、信頼《しんらい》関係を深めていくのです。そして、次の運動へ！　さぁ、こゆな先輩、やりますよ！」

真倉の上に乗ったまま、兎山は小さく両手でガッツポーズをする。

「あー、大変だー。まだまだ信頼が築けてないのかもー。筋肉が起き上がることを嫌《いや》がってるみたいだー」

対して、水玉模様のパジャマを着た真倉は、ぐでーとベッドに伸《の》びていた。口調も棒読みである。マッサージが気持ちよかったのだろう、片方の頬《ほお》をシーツにつけたまま、とろんとした至福の表情を浮《う》かべていた。

「あっこら、先輩！　またダラダラしてる！　マッサージしたらトレーニングする約束だったじゃないですか！」

「だって、ほんとに身体が起き上がらないんだもーん。か弱い乙女《おとめ》すぎて重力に勝てない」

「いや先輩、さっき、『お土産《みやげ》でチョコケーキ買ってきたので冷蔵庫入れますねー』って言ったとき、すぐに飛び起きて廊下まで見にきたあの軽《かろ》やかな足取り、忘れてませんよ」

「チョコってすごいよね。コンビニとか行ってもまずチョココーナーに吸い寄せられちゃうし。多分重力より強い引力があるんだね」

「何適当なこと言ってるんですか！　は、や、く、起きてください！」

ぐいぐいと兎山に腕《うで》を引っ張られながらも、真倉は「えへへへ」と顔を綻《ほころ》ばせる。

「でも、わたしは、わたしがチョコ大好きってこと覚えてて、チョコケーキ買ってきてくれた来羽ちゃんが大好きだよ！」

「だっ、大好きって……」

真倉の腕を持ったまま、ドキッとしたように硬直《こうちょく》した兎山。

「大好きだよ。大切なキミが、よく眠《ねむ》れますように。……おやすみ」

「ちょっと待って！　何どさくさに紛《まぎ》れて一緒に寝《ね》るような空気作ってるんですか！　ダメです起きてください。せっかくきたんですから！」

「う、バレたか……。学道くーん」

結局、いつものように、真倉が俺《おれ》に助けを求めてくる流れになっていた。

なんだかんだ、それも含《ふく》めて真倉が楽しそうなので、安心はしているのだが。

「兎山は毎日トレーニングしてるのか？　筋トレが好きみたいだが」

とりあえず、矛先《ほこさき》を真倉から逸《そ》らそうと、適当な話を投げかけてみる。

「はい、もちろんです！　いっぱい動ける身体を作るのに、大切なことですから！」

お、自分の好きなことに対してなら、俺相手でもご機嫌《きげん》で話してくれる。

「なるほど。さっきはなんか名言みたいなのも言ってたな。スキンシップがーとか、信頼関係がーとか。ほんとに好きなんだな」

「や、まさに名言ですよね！　これ全部、こゆな先輩から聞いた言葉です」

「ん？　真倉？」

「はい！　そもそも、自分がトレーニング好きなの、全部こゆな先輩に教えてもらったからですし。毎日欠かさずやらないとダメだよ、って」

俺は真倉の顔を見る。真倉はどこか気まずそうに、頬をつけたベッドのシーツにつーっと視線を逸らした。

「トレーニング、好きだったのか？」

俺は一応訊ねてみる。

「いやねぇ、若い頃の話はよしてよ」

「現役《げんえき》女子高生が何言ってんだ」

老後のような誤魔化《ごまか》し方をされ、思わずツッコんだ。

するとと兎山が、

「『このグループでわたしは筋肉担当』、『筋肉に負荷《ふか》をかけてないと、落ち着かないの』、『プロテイン——それは神の粉』。こゆな先輩は数々の名言を聞かせてくれました」

そんな名言——迷言《めいげん》を暴露《ばくろ》しだす。

「『あいにくわたしは自分の筋肉しか信用してないんだ。筋肉は裏切らねぇ、どんなときも一緒にいてくれる。どうだ、キミも鍛《きた》えてみないか？　信頼できる奴《やつ》と常に寄り添っていられるってのは、幸せなもんだぜ？』とか」

「……すごいな」

「『——そうだな。まぁ、わたしにとって筋トレとは、本当の自分との対話……。筋肉を鍛えていると、自分の知らない自分と出会えることがある。それは限界まで身体を追いこんだとき。あと一回、もう一回、本当にこれ以上できないか？　何度も問いかけ、自分自身を探《さぐ》っていく。ふふっ、案外ね、これはいろんなことに共通して言えることなんだよ——』とか」

やべぇ、これもう本物じゃねぇか……。

なんか口調も普段《ふだん》と全然違《ちが》う感じだし。

「……真倉って、筋肉キャラだったのか？」

言いながら見ると、恥《は》ずかしいのか彼女《かのじょ》は顔を真っ赤にしていた。

「ちっ、違っ！　ぜ、全然ですよ？　トレーニングはしてたけど、お仕事のためにやる程度……ほんとにね？」

さすがに適当には流せなくなったか、真倉はようやく身体を起こし、続ける。

「一時期ね、漫画の筋肉大好きキャラにハマってた時期があったんだよ。それで、自分でもいろいろ言ってたら面白《おもしろ》くなっちゃって、どんどん」

「ほう。それでさっきの変なセリフを」

「そう。で、そんなかっこいいセリフを言いたくて、グループに入ったばっかりの来羽ちゃんにトレーニング教えてたんだけど、来羽ちゃんめちゃめちゃ真面目な頑張り屋さんで……」

「トレーニングにハマってしまったと……」

なんとなく全容が見えてきた。

「つまり、今こうして兎山にトレーニングを迫《せま》られているのも、自業自得《じごうじとく》なのでは……」

「うっ……」

真倉が苦々しい声を漏らす。自覚があったのかもしれない。

「そうですそうです！　責任取ってください！」

ここぞとばかりに、兎山が追随《ついずい》してくる。

「でももう、そんなトレーニングなんて歳じゃないから。助けてー」

そう、俺に助けを求めてくる真倉。

ダラダラしたいだけだろ……。

なんだか兎山に従い、ちょっとは運動した方がいい気がしてきた。

「まぁ、堕落を目指す意思の固さも知ってるが、その堕落も良質な健康の上に成り立つというのも事実じゃないか？」

「学道くん……」

「まぁ、あと、普通《ふつう》に真倉の健康面が心配というのもある」

休みはずっと引きこもっているし、学校に登校しても体育の授業は受けてないし……。

真倉は困ったような表情をしつつ、口元に指をやりしばし思案していた。

「むぅ……、学道くんがそういうなら……一回だけ……」

そして渋々《しぶしぶ》、了承《りょうしょう》の返事をする。

それを聞いた兎山が顔を輝《かがや》かせたのは言うまでもなかった。

ローテーブルを片づけて、俺たち三人は狭《せま》い部屋の中で立って広がった。

やるのは過去に真倉が兎山に教えたらしい、全身の筋肉にアプローチができるという筋トレダンスだった。動画サイトに某筋肉《ぼうきんにく》タレントが踊《おど》った映像があり、それをテレビで流しながらやることにする。

兎山と真倉は完璧《かんぺき》に内容を覚えているらしいが、俺はもちろん全くの初心者なので、動画の見様見真似《みようみまね》でなんとか運動を始めた。

「根来先輩！　もっと身体を捻《ひね》って！　ちゃんとつま先をタッチ！」

「お、おう」

「何やってんですか！　まだ腰《こし》が浮いてます！　そんなんじゃ大胸筋に負荷がかかりません！」

「は、はいぃ」

兎山さん、めちゃめちゃスパルタだった。というかそもそも、このトレーニングがきつすぎる。さまざまな箇所《かしょ》の筋肉を鍛えるためのトレーニングが組《く》み込《こ》まれているのだが、音楽に乗せてテンポよく動きが変わっていくので、休む暇《ひま》がない。

それに人のことは言えず、俺も普段は自主的に運動なんて全くしていないので、このメニューを急にこなすのは中々きつい……。

「あははは。学道くん、へろへろになってる」

そんな真倉の声に振り返ると、彼女は笑いながら身体を動かしている。ワン、ツー、ワンツースリー。ワン、ツー、ワンツースリーで、交互にパンチを出す動作だ。次は、左右に大きくステップを踏《ふ》みながら、頭の上で手を叩《たた》く。

「はいっ！　はいっ！　音楽に乗るのが大事なんだよ！　はいっ！　はいっ！」

「お、お前、元気すぎるだろ……」

いつもだらだら堕落教の教祖様は、ノリノリでダンスを踊っていた。現役を引退したとは思えない、とても軽快な動きだ。

「ほらっ、来羽ちゃんも！　はいっ、はいっ」

「さ、さすが先輩！　全然バテてないのすごいです！　ほんとに全然運動してなかったんですか？」

「してないけど、これくらいは……そもそも、なんかこの曲聞くと身体が勝手に動いちゃう」

「た、体力おばけ……」

兎山も驚愕《きょうがく》の声を漏らすほど、真倉は全く衰《おとろ》えを見せなかった。どころか、ステージに立ったときのような眩《まぶ》しい笑顔で踊り続けている。

それは才能か、それともこれまで積み重ねてきた努力の賜物《たまもの》なのか。

元トップアイドルの片鱗《へんりん》に、俺はしばし動きを止めて見惚《みと》れてしまっていた。

「あっ、根来先輩サボらない！　情けないです！」

すぐにそんな厳しい声が飛んできたのだが……。

＊

次に兎山が部屋にやってきたのは、三人で運動をした日から三日が経《た》った平日の、放課後のことだった。

兎山も同じく学校終わりらしく、制服姿で真倉の部屋に直行してきたようだったが、真倉と俺はとっくに家に帰り着き、ゲームを嗜《たしな》んでいたところだった。

「もう！　まただらだらして！　この前みたいに運動しますよ！」

「えー、今日は無理だよー」

「なっ。あんなにノリノリで踊ってたのに！　継続《けいぞく》こそパワーなりって教えてくれたの、先輩じゃないですか！」

「わたしそんな熟練マッチョみたいなこと言ったかなー」

「ちょっ……、根来先輩も、この前みたいに加勢してください！」

「そんなこと言われてもな……」

先日はうまく運動に持ちこめる流れができていたのだ。その際真倉は何度も、「今回だけだよ」と念《お》を押していたので、さすがに今日は厳しい気がする。

しかし、そんな俺の曖昧《あいまい》な返事に、

「根来先輩も、一緒《いっしょ》にぐうたらしてばっかり……。なんでしょっちゅう何もせずここに通ってるんですか！　結局こゆな先輩の恋人《こいびと》さんではないんですよね。じゃあどうして……暇なんですか？」

兎山の構える矛先が、こちらに向いてしまったようだった。

さて、どうなだめたものかと考えていたときだ。

「来羽ちゃん……」

……ん？

背後から聞こえた、真倉の短い言葉と静かな声音は、明らかにいつもと雰囲気が違っていた。見れば、彼女の横顔はむーっと頬が膨《ふく》らんでいる。

「学道くんはね、とってもすごい人なんだよ！　すごい頭がいいの！　塾通ってて、学校でも一番勉強できるんだから！」

これは、俺をバカにされて、真倉が怒《おこ》ってくれているということか？　……なんだろう。胸がじーんとする。

「ほんとに天才なの。そんな人が、わざわざ通ってくれてる。それが我《わ》が堕落施設なのだよ！」

なのだよ……。

おい、真倉の奴、どうも宣伝目的でもあるようだった。ちょっと感動して損した。

「え、そうなんです？」

兎山がちろっと俺の顔を見てくる。

「いや、全然、そんな天才とかじゃ全くないから……」

本当に、ちょっと勉強を頑張っているだけで、だから何？　と言われたらおしまいなのだ。その頭脳で他人に説明できる何かを成《な》し遂《と》げたわけでもなく……。これは謙遜《けんそん》などではなく、本心からそう考えていた。

そのとき真倉がぱんと手を叩いた。

「そうだ！　来羽ちゃん、あんまし学校行けない日があって、勉強ついてけないって言ってたよね！　学道くんに見てもらったら？」

「えっ」

兎山が驚いた顔で俺を見てくる。

中学レベルの勉強なら、まず問題ないだろう。時間もあるし、教えることは構わない。

そんなことを考える俺に、

「……根来先輩《せんぱい》、ほんとに勉強できるんですか？」

兎山が訝《いぶか》しげな表情で訊ねてきた。

「な、なんでさっきから疑わしげなんだよ」

俺も俺で先程は謙遜してしまったが、そうやって怪しまれると話が変わってくる。

「だって、信じられません。なんていうか、今までそんな素振《そぶ》りなかったので。天才っぽい言動とか」

「の、能ある鷹《たか》は爪《つめ》を隠《かく》すってやつだよ」

全く、失礼しちゃうぜ。

ま、まぁ、別に、これまで頭脳や知識を披露《ひろう》する機会なんてなかったし。ここ最近は、兎山がきてテンションの上がった真倉のツッコミ役を担《にな》うことが多かった気がする。きっとそのせいだ。

「つ、爪を隠す……？　恥ずかしがり屋《や》？」

そして兎山の奴は、本当に中々勉強が苦手なようだった。

「ちなみになんの教科をやる？　中二だったよな？」

「ほんとにやるんですか？　……じゃあ、数学の宿題がまだなので、とりあえずそれを」

まだどこか不承不承の表情で、兎山がドアの近くに置いていた鞄の方に宿題とやらを取りに行く。本当に大丈夫だろうか。

それと同時に、ふぅと何やら一仕事こなしたように息をつく者がいた。そいつは床《ゆか》に転がっていたコントローラーを拾い上げ、ベッドにもたれて腰を下ろした。

「あれ、先輩、勉強は？」

教科書とノート、それから筆記用具をローテーブルに置いた兎山が、真倉に声をかける。

「あ、勉強はねー、わたしはNGなんだー」

「勉強はって、トレーニングもじゃないですか。ほら、根来先輩もこっちで教えてくれるんですよ？　ていうか、勉強教えてもらいましょうって言いだしたの、こゆな先輩じゃないですか！」

「そ、それは、来羽ちゃんが教えてもらえばって意味で……」

またしっかり者の後輩とだらだら病の先輩が戦っている。どうも、運動に限らず、真倉が堕落《だらく》しているのを見過ごせないらしい。

　真倉のことをフォローしてやりたい気持ちもあったのだが、同時に、俺はこれをチャンスだと直感していた。

「そうだな。ちょうどいいから三人でやるか！」

「なっ、学道くん⁉」

「前も言ったが、夏休みの補習のテストはなんとか乗りきったが、また期末テストで赤点を回避《かいひ》するように勉強する必要がある。熊田《くまだ》先生からも言われてるだろ？」

「うっ、そ、それは……」

「今なら勉強見てやるぞ」

　夏休みに引き続き、真倉に勉強をさせようと、俺は常に企んではいた。理由はもちろん、先程も口にした通り、学期末に行われる期末テストの結果によっては、また真倉が補習を受ける必要が出てしまうから——さらに最悪の場合は留年してしまうかもしれないからだった。

　なんとしても、最低ボーダー以上の点はとってほしい。

　しかし、勉強の話になると、真倉はいつものらりくらり。うやむやに逃《に》げられていた。

　今日こそ転機だ。今まさに流れがきている。そして、俺には仲間がいる。

「よーし、先輩、責任を取ってくださいね！　みんなでやりましょう！」

「おう、やろうやろう！　今日くらい、レッツスタディ！」

そうして兎山と俺で共闘《きょうとう》して誘ったことで、

「……わかったよ。わたしのためだと言うのなら……。お手柔《てやわ》らかにお願いします、学道くん」

観念したようにコントローラーを放《はな》し、真倉は脇《わき》にあったクッションにぼふんと倒《たお》れこんだのだった。


俺たちは三人で小さいローテーブルを囲み、勉強を始めた。

俺は二人が取り組む問題を見ながら、助けが必要そうなタイミングで口を挟《はさ》む。

しばらくそれを続ける中で、真倉がペンを止めて何気ないふうに兎山に訊《たず》ねた。

「来羽ちゃんはさ、学校ってそんなに行けてないの？」

「そうですねー。平日も、仕事があればそっちを優先してるので」

「そっかー。メジャーデビューしてから、軌道《きどう》に乗ってるもんね。忙《いそが》しいかー」

「おかげさまで、今のところはですが」

「頑張ってるねぇ。えらいえらい」

真倉が隣《となり》に座《すわ》る兎山の頭に手を伸ばす。兎山は満更《まんざら》でもない様子で、頭頂部を撫《な》でられるがままになっていた。

自分の元所属グループの活躍《かつやく》を、真倉はどう思っているのだろうか。俺が見た感じ、へらりと笑っているが、その心の深いところまでは正直読み取れなかった。

また数分、勉強を続ける。

すると集中力が切れてきたようで、真倉が今度は「んー」と伸びをして、テーブルに突《つ》っ伏《ぷ》し始めた。

「ねぇ、学道くん。これ問題の意味が全然わからないんだけどー」

「ん？　解き方か？　こいつは公式があるんだが――」

「や、じゃなくて、この問題をわたしみたいな女子高生が解くことに対する、社会的意義がわからないんだけど」

「根本の部分で止まってた⁉」

にしても真倉さん、これ進級やばいよな……。学期末が心配すぎる。最悪、学校が何かしらの救済措置《そち》を用意してくれることを期待したいが。

俺がしばし真倉につきっきりになっていると、その横で兎山がシャーペンを鼻と唇《くちびる》の間に挟み、「むぅ」と難しい顔をしだした。

「どうした？」

　俺が訊ねると、

「これ、問題の意味がわからないんですが」

　なんだか誰かと似たようなことを言いだした。

「……一応聞こうか」

「『Q．家から公園まで、行きは毎分一五〇メートルの速さで走り、帰りは毎分六〇メートルの速さで歩いたところ、帰りは行きより一〇分多くかかりました。家から公園までの道のりを求めよ』って、なんで帰りも走らないんですか！」

「あー、まぁ、それが問題だから……」

　出た、クラスでも何人かは必ずいる、数学の問題にツッコミを入れる奴。と、俺がこっそり思っていると……、

「ダメです、帰りも走らないと意味ないです！　自分を追いこむことが大事なんです！　あと、公園ではしっかりインターバルを取ること。常に筋肉との対話は忘れずに」

「トレーニング視点だった⁉」

　先輩が先輩なら、後輩も後輩ということか。

「まったく、数学にまで脳筋理論を持ちこむな……」

「脳筋……？　脳まで筋肉？　それは鍛えがいがありそうですね」

「お、お前……皮肉って言葉、筋肉の種類と勘違《かんちが》いしたりしてないか？」

「それはないです！　全身の筋肉を把握《はあく》してるけど、そんな名前の箇所はないです！」

「ちょっと待て、仕上がりすぎだろ」

俺は思わず真倉の方を見てしまう。

「来羽ちゃん、もしかして筋肉キャラで売っていこうとしてる？」

真倉も驚《おどろ》いて、兎山に訊ねた。

「特にそんなつもりはないですが。トレーニングの素晴《すば》らしさについては、先輩が教えてくれたんじゃないですかー」

「や、やや、それはそうだし、わたしもトレーニング自体の大切さは知ってるけど。でも、当時のわたしをとっくに超越《ちょうえつ》してる」

「ほんとです？　やったー！　こゆな先輩のお墨《すみ》つきです！」

純粋《じゅんすい》に喜んでいるようである。その様子から、本当に真倉に憧《あこが》れていたことがわかる。

本人は遊びでやっていた謎《なぞ》の筋肉キャラを真似《まね》してしまうくらいに。

嬉《うれ》しそうに笑う兎山を見て、真倉も呆《あき》れたような笑《え》みを漏《も》らす。

その彼女の横顔は、なんだか愛《いと》おしいものを見守るような、とても優《やさ》しいものだった。

＊

外に出ると、すっかり辺りは暗くなっていた。放課後に真倉の家に行った日は、いつも帰るときには夜になっている。

兎山が部屋にきたときは、彼女にあわせ、だいたい二〇時頃《ころ》に解散をする。一応中学生だし、それ以上遅《おそ》くまで引っ張るわけにはいかないという判断だ。夜道は危ないので俺が駅まで送ろうかと提案をしたこともあったが、『なんで根来先輩と！』と、反射的に断られてしまった。よくよく聞けば、一緒に歩いているところを写真に撮《と》られたりする方が怖《こわ》いとのこと。一応、大きめの黒のパーカーを羽織り、キャップを目深《まぶか》にかぶるかマスクをすることで、顔をさされないようにはしているそうなのだが。

そして、念には念を入れ、兎山は俺とばらばらに真倉の家を出るようにしていた。

その日も兎山が先に帰り、あとから部屋を出た俺は、一人で自宅の方向へと歩き始めた。

「…………」

異変に気づいたのは、二〇メートルほど進んだ辺りだった。

俺が足を止めると、その気配も一定の距離《きょり》を保って動かなくなる。

「……まさか、アイドルにストーカーされる日がくるとはな」

そう声をかけると、あっさりと、そいつは電柱の陰《かげ》から姿を現した。

「バレるの早すぎです。いい場所を見つけて、呼び止めようと思ってたんですが」

それからたたたっと、兎山は小走りで俺のもとまで寄ってくる。

「なんだ？　何か用か？」

「はい、ちょっと。あそこのコインパーキングの車の陰とかどうでしょう」

「ど、どうでしょうって言われても……」

いきなりのことで、わけがわからない。

「てっきり、俺はお前に受け入れられてないと思ってたんだが」

「いやまぁ、そりゃあ怪しんではいますよ？　だって、いったいどんないけない手を使ったのか、元アイドルの家に当たり前のように上がりこんでる、謎の男子高校生不審者《ふしんしゃ》じゃないですか」

男子高校生不審者……。不審者の中にも分類があったとは。

「ただ、その辺りも含めて、一度話をしたいとは思っていたんです」

「話？」

「そうです」

ひとまず、この道路の真ん中で立って喋《しゃべ》っているのはまずい。俺は兎山の提案通り、コインパーキングの方へ移動することにした。

「ねぇ、先輩、こっちに何か質問していいですよ？」

歩きながら、兎山が話しかけてくる。

「質問？」

「はい！　兎山来羽に訊《き》きたいことはないですか？」

「……好きな食べものは？」

驚いたように、がばっと俺の方を振《ふ》り向いてくる兎山。

「や、先輩、こっちに興味なさすぎでしょ！　一応人気のアイドルなんですが？　……うどん」

いやぁ、だって、当たり障《さわ》りない質問にしておかないと——。

「じゃあ、今度はこっちの番です！　先輩はなんで、しょっちゅうこゆな先輩の家に入り浸《びた》ってるんですか？　どういう関係なんですか？」

「そっちも好きな食べものレベルの話にしてくれ……」

「ダメです。質問一回は一回です」

一応予防線は張ったのだが、意味がなかった。さっそく交換《こうかん》条件とばかりに、核心《かくしん》に迫る質問が飛んでくる。

俺たちはコインパーキングに辿《たど》り着き、車の陰に入る。街灯はあり、そこまで暗くはない。

さて、なんと答えるべきか……。

俺が少し悩《なや》んでいると、

「先輩は、こゆな先輩のこと好きなんですか？」

今度はそんな突飛《とっぴ》なセリフが、兎山の口から飛び出した。

「すっ、いや、好きとかじゃ……」

「正直に答えてください。怒らないですから。あんなに可愛《かわい》い人が近くにいて、好きになっちゃうくらいは、どうしようもないことですから」

「違うんだ。なんていうか、真倉は……理想の人？」

「理想の人……」

真倉は俺にとって、理想の人だった。そこに全く嘘《うそ》はない。しっかりと自分のやりたいことを、自分の意思を持って実行している。そんな姿に憧れて、近くにいるようになったのだ。

そういえば、兎山も――。

以前、彼女がぽそっと漏らした心の声を思い出す。

「ああ、理想――憧れなんだ」

そう、俺があのときの言葉を借りて繰《く》り返すと、兎山ははっとしたように目を大きくした。

「憧れ……？　それって、今のこゆな先輩のことをですか？」

「あ、ああ」

今のこゆな先輩を……。そんな言葉が少し引っかかったが、それを解消する間もなく、

「それ、詳《くわ》しく聞かせてほしいです！」

ずいっと、兎山が俺に身体ごと迫ってきた。街灯の光が反射し、キラキラとした大きな瞳に、俺の顔が映し出される。

「どうして俺と真倉のこと……」

「お願いします！」

次の瞬間《しゅんかん》、兎山が勢いよく頭を下げてきた。

俺は思わず一歩後ずさる。

彼女はとても真剣《しんけん》なようだった。中々顔を上げようとしない。

兎山は常にしっかりとした敬語を使ってくる。敵対視していた、俺に対してもだ。前か

らわかってはいたが、根は真面目で真《ま》っ直《す》ぐないい子なのだろう。

そんな子に、こうして頭を下げてまでお願いされては、断ることなどできなかった。

「……………俺と真倉が出会ったのは、夏休みの初め、俺が先生に頼《たの》まれて真倉に補習の課題を届けにいったときだった」

俺の声に、兎山はぱっと俊敏《しゅんびん》に顔を上げ、それからこくこくと相槌《あいづち》を打ってくる。

俺は自分と真倉の関係を、変な誤解が生まれない程度に、かいつまんで話していった。

もちろん、真倉の過去に関することは伏《ふ》せたままだ。

「見ての通り、真倉はだらだらしているが、それは彼女自身が決めた自分の生き方なんだ。誰《だれ》に何を言われようと、今は自分の意思で決めたことからブレることなく、精いっぱい生きている。それが、俺にはできなかったことだったから……。そこに憧れて、部屋にお邪《じゃ》魔《ま》させてもらうようになった」

真倉の口から出る『堕落』というワードに魅力《みりょく》を感じ……とは言えなかったが、まぁ間違った説明はしていない。

そこから夏休みを一緒にすごした。

俺が話すいくつかの夏のエピソードを、兎山は静かに、たまに頷《うなず》きながら聞いている。

その目線は一メートルほど先の、何もない地面に向けられているようだった。

俺は自分の過去の話も、必要であろうことは語っていった。

「それで、二人で花火を見たあと、俺は人生で初めて塾《じゆく》をサボったんだ。些細《ささい》なことだけど、少しだけ自分が変われた気がした。これは本当に、真倉のおかげだ」

「そうだったんですね。それで、こゆな先輩と、今も……」

俺が話し終えると、兎山が久しぶりに顔を動かし、俺の方を見てくる。それはどこか柔《やわ》らかい眼差《まなざ》しで、俺は内心で驚いてしまう。まさか兎山にそんな表情を向けられる日がくるとは。

「なるほどです。よくわかりました。ありがとうございます」

「何か参考になったか？　まぁ、俺が真倉を好きとか嫌《きら》いとか、そういう関係じゃないことはわかってもらえたと思うが」

「んー、そこはどうでしょうか」

どうでしょうか？

「――こゆな先輩について初めて知ったのは、小学生の頃でした」

俺の疑問をよそに、兎山はそんなふうに話し始めた。

兎山と真倉の話だろうか。俺は慌《あわ》てて耳を集中させる。

「もともと小さい頃に見てたアニメの影響《えいきょう》から、アイドルファンだったんです。メジャーどころでは飽《あ》き足らず、地下アイドルにまで手を出して。幼い子特有の謎の才能を発揮して、アイドルのグループ名と名前をたくさんたくさん暗記して、お母さんに呆れられたりしていました」

「すごく好きだったんだな、アイドル」

「はい！　小学生の頃はライブにはあんまりいけなかったので、動画でライブ映像を見るのがほとんどでした。勉強なんてそっちのけでずっとスマホばっかり眺《なが》めてて。で、お母さんも最後には怒るようになってきて。勉強じゃなくてもいいけど、もっと将来に役立つことしなさい！　なんて」

「勉強しなさい、じゃないだけいいじゃないか」

正直、羨《うらや》ましい。

「それはまぁ、そうですね。子供の気持ちを理解してくれるお母さんではあります」

兎山はふふっと軽く笑い、すぐに真面目な顔つきになる。そして、軽く息を吸った。

「『七人の小人たち』のセンター、鎌倉《かまくら》こゆな。彼女が他のアイドルと違うのは、小学生の目にも明らかでした。容姿、歌声、ダンスパフォーマンス、どれをとっても現役最高のアイドル。地下にいるのが意味わからない。その頃はもう反アイドル気味だったお母さんに『一生のお願い』を使って、人生初の地下アイドルのライブにつれていってもらいました。初めて入る、ホールとかアリーナとかじゃない、小さなライブハウス。だけどその分、満員のお客さんの熱量はすごくて、ステージも近くてキラキラしてて、そして生の鎌倉こゆなには、本当に圧倒《あっとう》されました。夢のような時間でした」

いつも部屋でごろごろしている真倉を思《おも》い浮《う》かべると、ギャップがありすぎて混乱しそうになるが。実際に、真倉がトップアイドルだったことは事実だ。

そんな真倉に、小学生時代の兎山は会いにいったという。そしてその夢のような時間の話は、そこで終わらなかった。

「ライブのあと、アイドルさんと握手《あくしゅ》をしたり、写真を撮ったりする時間があったんです。すごい列だったけれど、もちろんこゆな先輩のところへ行きました。すると、会った瞬間、こんなこと言われたんです。『きてくれてありがと！　えっ、待って、可愛い！　アイドルみたい！　ほんとにほんとに』って。それがめちゃめちゃ嬉しくて、小学生なんて珍《めずら》しいから、お世辞とかその場のノリとかだってわかりつつも、『あ、アイドル、なれますか？』なんて訊いちゃったんです」

今、俺の前でそれを話す兎山も、なんだか恥ずかしそうに身を縮ませてもじもじとしていた。

「アイドルは見るもので、応援《おうえん》するもので、与《あた》えてもらうもので……それまでアイドルになりたいなんて発想を持ったことなかったんですが。でも、ライブの熱に浮かされて、つい口走っちゃったみたいで……。でも、そこからこゆな先輩が神対応してくれたんです」

「ほぅ。それはどんな……」

「こゆな先輩、しゃがんでくれて、こっちに目線を合わせてくれて。『アイドルになれるのは、たくさん頑張《がんば》った人だよ。いっぱい頑張った人は、アイドルになれる。シンプルだけど、それが全て。なりたいんだったら、頑張ってみればいい。応援してるよ！』って」

「とにかく頑張れ、と」

「まぁ、まとめるとそんな感じだけどね。でも、その通りだなって。とにかく頑張って取り組んでみなくちゃ、何も始まらない。その頑張りを始められた人だけがアイドルになれるっていうのは当然のことで。それに……応援してるよって、言われちゃったから。いつか、こゆな先輩みたいにステージで輝いてみたいと思って……。圧倒的《あっとうてき》なアイドルには、見た者の心を突き動かす何かがあるんです」

　その日から、兎山は夢を追いかけて努力をするようになった。

「言われた通り、たくさん頑張りました。ダンスの練習をして、ボーカルの訓練もして。その間も、目指すのは鎌倉こゆなでした。憧れのアイドル。何度もなんども動画でパフォーマンスを見て、自分もそうなれるようにたくさん頑張りました。まさか、自分が七人の小人たちのメンバーになるとは思ってもみませんでしたが。新メンバーの公開オーディションを勝ち抜《ぬ》いて、合格したときは、本当に嬉しかったです。こゆな先輩と、同じステージに立つことができるんだって。彼女の背中を見ながら、頑張れるんだって――」

「……すごく努力したんだな」

「はい。それはもう、こゆな先輩に言われた通り。ただ、そのあとのことは……ご存《ぞん》じだとは思いますが――」

兎山はそこで言葉を切った。

続く言葉は、俺《おれ》にも想像できる。真倉が、失踪《しっそう》してしまった。世間的には――兎山にも、その理由は明かされていない。

「急にお手本がなくなった感じで……。アイドルになれたときも、これからこの世界で頑張ろうと思いつつも、具体的な次の目標はなくて、とにかくこゆな先輩の背中を追いかけていこうって思ってたくらいだったので。ずっと、先輩だけを見てきたから。突然《とつぜん》、自分が何をしたいのか、なんのためにアイドルをやっているかまでわからなくなってきてしまって……」

「なるほど……」

俺の相槌に、兎山も深く頷く。

「実は、先輩に復帰をしてほしくて、とにかく会えないかなーと思ってこの辺りを歩いてたんです。でも、実際に会えても、チャンスがあっても、結局何も言いだせませんでした。先輩がグループからいなくなったのにも、わけがあったはずですし。先輩も何か悩んでたのかな、と思うと、軽々しくは……。もし叶《かな》うならもう一度だけでも、先輩の活動――輝く姿を見られたなら、それを道しるべに頑張れるかも、なんて思ってたんですが――」

お二人の時間にお邪魔しちゃってすみませんでした、と兎山はぺこっと頭を下げた。

兎山と真倉の再会は、偶然《ぐうぜん》ではなかった。そして、兎山が度々《たびたび》部屋を訪ねてくるのには、しっかりと理由があった。

しかし、真倉のことを思い、兎山は本心を伝えることはできなかったようだ。

以前、兎山がうっかり呟《つぶや》いたセリフを、俺が聞いてしまったときがあった。鎌倉こゆなが、憧れだったと――。あのとき、兎山はそれを秘密にしておいてほしいと、俺に頼んできた。初めから真倉に気を遣《つか》っていたのだ。

そして今、兎山の希望、願いを聞いた上で、俺に返してやれる言葉も、何もなかった。

兎山が気遣う通り、それは今の真倉にとっては……。

「アイドル時代のこゆな先輩を、本当に、とてもとても尊敬していました。でも、根来先輩は、今のこゆな先輩に憧れてるんですよね？　それを聞いて、少し嬉しかったんです」

「嬉しかった？」

そう訊き返すと、兎山は俺の目を見てきた。

「やっぱりこゆな先輩はすごい人だなって、再認識《さいにんしき》できたので」

兎山はふわっと軽《かろ》やかな笑みを浮かべた。その表情に、かすかに儚《はかな》げな影《かげ》が差しているように見えたのは気のせいではないだろう。

「あのとき、頑張れって言ってもらえたことには、とてもとても感謝してます。おかげで、素敵《すてき》な景色を見せていただきました。人生の宝ものです。だからもう、先輩にこれ以上のことは、求めちゃいけないなって思うんです」

憧れの先輩。俺と初めて出会った日から、兎山はその言葉を口にしていた。そして、その「憧れ」のわけ、彼女《かのじょ》が俺たちの前に現れた理由が明らかになった。お互《たが》いのことを打ち明け、少しだけ理解し合えた気がしたのだが――。

何か言わなければ、と俺は思っていた。

しかし、俺が言葉に迷う間に、兎山がぺこりと頭を下げてくる。

「今日はありがとうございました、根来先輩。不審者扱《ふしんしゃあつか》いについては謝罪しますね」

言って、軽く手を振り、兎山は走っていってしまった。

俺は一人、その場に佇《たたず》んだまま息をつく。

堕落教の教祖は、前職でも誰かの人生を変えてきたらしい。兎山と同じで、俺も改めて彼女をすごい人間だと思う。

きっと他にもたくさん、彼女に夢中になった人がいるのだろう。大勢の人に注目され、喝采《かっさい》を浴び、心酔《しんすい》され、偶像視《ぐうぞう》され——憧れの的になってきたはずだ。

しかしその中に、彼女の心の内面を慮《おもんぱか》った人はいただろうか。

兎山の想《おも》いは理解できた。

だが、俺は真倉の事情も知っている。

もし兎山の話を真倉に伝えれば、彼女はきっとまた悩んでしまう。とてつもない負担を背負わせることになってしまう。兎山の気遣いも台なしだ。

俺が真倉のそばにいられるのは、彼女のファンからすると、少しずるい裏ルートみたいなものかもしれないが。

それでも、これは俺の特権だから——。

俺だけは彼女に寄り添《そ》いながら、彼女がやりたいように生きていく姿を見届けたいと思っていた。

❽一緒に寝てもらえませんか？

暗い部屋の中、スマホの画面が眩《まぶ》しくわたしの顔を照らしてくる。

わたしはすっと息を吸うと、久々に見たアイコンのアプリを、一度タップする。ぷわんと画面が広がり、無数の文字列が浮かび上がった。

くらりと眩暈《めまい》がする。ベッドに横になっていてよかった。

わたしは片手の甲《こう》をおでこにあてながら、スマホを持つ手の親指で、画面をついついスクロールする。

本当に、SNSを見たのはいつぶりだろう。なんだか全てが懐《なつ》かしい。しかし操作方法は身体が覚えているようで、自然と指が動いていた。すぐに目指していたページに辿り着く。

——そして、目に映ったその内容に、呆然《ぼうぜん》としてしまった。

……まさか、こんなことになっていたなんて。

五分ほど、最低限の情報を確認《かくにん》し、わたしはスマホの電源ボタンを押して画面を消す。

それからぎゅっと目を瞑《つぶ》った。

今日はもう、このまま寝よう。そうは思うも、瞼《まぶた》の裏に眩しいスマホ画面がちらついて、文字の濁流《だくりゅう》が押《お》し寄せてきて。

あぁ、懐かしい気分だ……。この感覚をいつの間にか忘れられていたことは、よかったと思わなければ。

ただまぁ今日は、眠《ねむ》れそうにないな……。


深夜どうしようもなく目を瞑っていたわたしの脳裏《のうり》に、ふと彼《かれ》の声が蘇《よみがえ》った。

『——ずっと一緒《いっしょ》にいればいい。俺は真倉《まくら》のそばにいる——』

あの旅館の夜の光景が浮かんできて、なんだか胸がふわふわとしてくる。

理由はわからないけれど、無性《むしょう》に涙《なみだ》が出そうになって、わたしは枕《まくら》に顔を押しつけた。

＊

「うす。今日もパジャマなんだな」

「おいすっ！　もちろんです、わたしの身体はパジャマに捧《ささ》げてるからね」

今日の真倉は、襟《えり》回りにフリルのついた、ピンクのパジャマ姿だった。

土曜日は、平日一週間お疲《つか》れ様《さま》Ｄａｙとして、毎週昼から真倉の家にお邪魔するようになっていた。

「兎山《うやま》はこないんだよな？」

「うん、何も聞いてないですし」

「そうか。来週の土曜は模試でこられないから、今日ゆっくりできそうでよかった」

先週、今週にかけては兎山の襲来《しゅうらい》があってバタバタしていた。今日は気にせず堕落しようと、二人でだらだらと遊び始めた。

しかし、この日はどうも、真倉の調子が少しおかしかった。

ゲームをしていても、ミスが多い。俺が話しかけたときも、反応が鈍《にぶ》いときがある。喋っている途中《とちゅう》も欠伸《あくび》をしていたし、あげく、水を飲もうとしたときコップを顎《あご》にぶつけて盛大《せいだい》にこぼしていた。

なんとか片づけを終え、再びテレビ画面に向かう彼女の横顔を、俺はまじまじと見つめてしまう。

「……ん？　どしました？」

「……それはこっちのセリフだが」

「えっ？」

「どうかしたのか？　なんかいつもと様子が違《ちが》うような……。元気がないというか。さっきはすごい欠伸してたし」

「そ、そうです？」

真倉はぺたぺたと両手を頬《ほお》にあて、それからぶるぶると首を振る。

「大丈夫《だいじょうぶ》です。なんでもないです」

「本当か？　その、何か俺で力になれることがあれば言ってほしいが……」

俺は心配でそう声をかける。

「ありがとうございます。学道《まなみち》くん」

「や、そうやって礼を言われることでもないんだが……。まぁ、最近いろいろあって疲れただろうしな」

「いろいろ……来羽《くるは》ちゃん？」

真倉の言葉に、俺は頷く。

「そうだ。いや、いきなりの登場だったからな」

「あはは、確かに。会えて嬉しいけどね。あのトレーニング熱はちょっと熱すぎで困っちゃうけど。それに、学道くんからしたら堕落時間が減っちゃいましたよね」

「やや、別に俺のことはいいんだが。いろいろ面白《おもしろ》いものも見られたし」

「面白い？」

　真倉がきょとんと首を捻《ひね》る。

「ああ。仲のいい後輩《こうはい》と喋る、楽しそうな真倉とか。あと、後輩がいるときは、俺と喋るときも敬語がなくなる真倉とか。後輩の前では威厳《いげん》を見せたかったとか？」

　俺がからかい交じりに言うと、

「ちっ、違います。喋り方《かた》は、なんか自然に……。ほ、ほら、部屋にいる二人ともが学道くんに敬語使い出したら、急に変な感じでしょ？　後輩キャラだって一人で十分だし！　わたしが気を遣ったたってわけだよ」

　真倉はふふんと鼻を鳴らし、胸を張ってみせてくる。

「なるほど、そういうことだったのか。……もしあれだったら、普段《ふだん》も俺にはタメ口でいいんだぞ？」

「それはわかってますが……なんか、学道くんにはこの喋り方で落ち着いた感があるので」

「そうか？　それならそれでいいけど」

　俺が言うと、真倉はふふっと笑みを浮かべた。

　話はそこで、一旦途切《いったんとぎ》れた。何やら真倉が、じっと俺の顔を見てくる。

「……どうかしたか？」

するとなぜか、真倉が妙《みょう》にもじもじとしだす。

「あ、あの、さっき、言ってましたよね？」

「ん？　何をだ？」

真倉は俺から視線を逸《そ》らし、床《ゆか》を見ながら、両手の指同士をこすこすと擦《こす》り合わせる。

「その……なんでもしてくれるって」

「なんでも？」

「力になれることは言ってほしい、みたいな」

なんでも、と言っただろうか。はっきりとは思い出せないが、そのような思いで口にしたことは間違《まちが》いない。でも、なんでもって、いったい……。

「あ、ああ。なんだ？　俺にできることなら……」

俺は恐るおそる訊ねる。

すると真倉は、俯《うつむ》き加減のまま視線を横に逸らし、小さくぽそっと口にした。

「あの、その……い、一緒に寝てもらえませんか？」

「ね、ねる？」

「はい……」

「寝るって言うのは、ベッドで……？　一緒に……!?」

真倉はこくこくと頷く。

「あのですね、実は、わたし最近あんまり眠れてなくて……」

「寝れてない？」

「うん。なんかいろいろ考えちゃうことがあって。目を瞑るとそれが頭の中をぐるぐる回って、永遠に……。それでさ、夏休み、一度、添い寝したことがあったの、覚えてますか？」

ああ。もちろん、忘れるわけがない。

あの日は俺の睡眠《すいみん》のために、真倉がベッドを勧《すす》めてくれたのだった。そして寝ていたところ、気づくと隣で真倉も横になっていた。いわゆる添い寝状態である。

「あのときもね、ほんとは夜、あんまし寝られてなかったんだ。でも、添い寝してる間はすごく熟睡《じゅくすい》できて……だから……」

そういえば、薬を飲んで寝ていたときもあったと、真倉から聞いたことがあった。しかし、そんな眠れない時期、添い寝をすればぐっすり眠れたという。

ならば、答えは一つである。

そもそも、俺に断る理由なんてない。

「わかった。いいぞ。今から寝るか？」

俺がそう言うと、真倉ははっと顔を上げる。それから恭《うやうや》しく頭を下げてきた。

「ありがとう！　お願いします」

「ああ。じゃ、じゃあ」

俺は背後のベッドへ視線を送る。

真倉が先に立ち上がり、ベッドの縁《ふち》にとすんと腰《こし》かけた。

「こっち、きてください」

言われ、俺も腰を上げる。

「今から寝るってことだよな？」

「はい。ですです。靴下脱《くつしたぬ》いだ方がいいですよ？　あ、でも、そもそも寝られそうです？　お昼寝《ひるね》の時間ではありますが……」

「まぁ、睡眠時間は足りてない方ではあるから」

最近は、深夜の時間を模試の対策に使っていた。ただ、今は目が冴《さ》えてしまい、正直寝られそうにないが……。

真倉がシーツの上をぽんぽんと叩《たた》いてみせてくる。

「枕使ってくださいね」

俺はベッドに上がり、奥《おく》の壁際《かべぎわ》へ。スマホをポケットから出して、仰向《あおむ》けで寝転《ねころ》がった。

枕に頭を乗せた瞬間、ふわっと甘《あま》い香りが舞《ま》い上がる。

「こんな感じか？」

「うん。それで学道くん、あっち向いてください」

「あっち？」

言われた通り、俺は壁際に身体を向ける。まぁ確かに、お互い背中合わせの方がまだ気を遣わなくていいだろう。

そんなことを考えていたのだが――。

スプリングがぎしりと軋《きし》み、真倉がベッドの上を移動してきたのがわかる。次の瞬間、俺の腰に腕《うで》が回された。ぎゅっと柔らかな塊《かたまり》が、背中に密着してくる。

「真倉さん⁉」

俺は半ばパニックで彼女の名前を呼んでいた。

「な、なんでしょう」

「こ、これは添《そ》い寝でしょうか？」

「そうです！　添い寝！」

彼女の中では正解らしい。

こ、これが添い寝かぁ……。

実は、俺はこのシチュエーションを、前後反対で体感したことがあった。夏休み、一度添い寝をしてしまった際、俺は寝ぼけながら真倉のことを抱き締《だし》めていたのだ。そのとき寝ていて気づいていない真倉には、絶対に内緒《ないしょ》だが。

しかしまさか、その逆バージョンを体感する日がきてしまうとは。

真倉がぎゅっと、俺の身体を抱き締めてきた。彼女の額と鼻が肩甲骨《けんこうこつ》のあたりに押しつけられているのがわかる。

俺は緊張《きんちょう》してしまい、身動きができなかった。しかし、ついつい背中に全神経を集中させてしまう。

どうして女の子の身体は、こんなにも柔らかいんだろう。見た目は華奢《きゃしゃ》なのに、骨ばった硬さは一切《いっさい》感じない。

真倉が片手で、布団《ふとん》を引っ張り上げてくれる。二人の体温で、すぐにぽかぽかと温かくなる。

しばらくもぞもぞしていたが、やがてその動きが止《や》む。その間、俺はずっと身を硬くしていた。

最後にきゅっと、真倉の手が俺の服を掴《つか》んだ気がした。

「……おやすみ、学道くん」

「ああ、おやすみ」

この上ない多幸感に包まれながら、俺は目を閉じた。

☆

――やっちゃったぁ。


本当に、お願いしてしまった。そして、添い寝しちゃった。

わたしは学道くんを抱き締めながら、ぐるぐるといろいろなことを考える。

以前にも、頼んでみようとしたときはあった。わたしの部屋で、お昼寝するって話になったときとか。でも恥《は》ずかしくて、こんなこと頼んでいいかわからなくて、言いだせなかった。

それが、いっきにここまで……。ちょっと大胆《だいたん》すぎたかな？　学道くん、慌ててたよな？

前回添い寝をしたときは、学道くんがぎゅってしてくれて。本人は寝てたから知らないだろうけど。ただ、あのときの密着感が忘れられなくて。

だから、わたしも添い寝について何もわからないふうを装《よそお》って、これが当たり前の添い寝って思ってるふうにして、後ろからくっついてみた。

一度、大きく息を吸って、吐《は》く。

わたしよ、一旦《いったん》落ち着け。

学道くんに引っついたまま、毛布の中に鼻まで埋《う》まる。シーツに身を馴染《なじ》ませるように、少しだけ身じろぎをする。

……温かい。

学道くんは寝られそうかな。

わたしはドキドキして眠れないかもと思ってたけど、意外とそんなこともなさそうだ。

お布団の温かさのおかげもあるかもしれないけれど、それよりも、圧倒的な安心感が勝っていた。学道くんの吐息《といき》が、やがて規則正しく聞こえてくる。

——おやすみ、ありがとう。

＊

目が覚めると、視界が眩しい光で覆《おお》われた。思わず顔をしかめて目を細める。

そういえば寝るとき、部屋の灯《あか》りはつけたままだったか。

「…………………」

脳内がとてもすっきりしている気がする。いったい俺はどのくらい眠ってたんだろう。

そんなことを考えながら、ゆっくりと目を開き、顔を横に向けたとき――、

「おはよ」

心臓が止まるかと思った。

真倉のくりくりとした大きな瞳が、超絶《ちょうぜつ》至近距離《きょり》で俺の顔を見つめていた。

「お、おはよう」

寝るときは後ろから抱きしめられていたはずだが、いつの間にかそのホールドは解けていた。そしてどうやら、真倉に顔を覗《のぞ》きこまれていたらしい。

「眠れたか？」

「はい。誰かさんの寝息《ねいき》のおかげで、わたしも釣《つ》られるようにぐっすりでした」

「すまん。いびきうるさかったか」

「んーん？　いびきじゃなくて、寝息でしたから。とてもとても穏《おだ》やかな」

「そうか。……いつから起きてたんだ？」

「学道くんが起きる、ちょっと前です。寝顔《ねがお》、ごちそうさまでした」

言って、真倉がふふっと笑う。

俺はなんだか気恥《きは》ずかしくて再び上を向く。仰向けの状態で頭上を探《さぐ》り、枕元《まくらもと》に置いていたスマホを手に取った。画面には一八時一〇分と表示されている。

「おぉ、昼寝にしては結構寝てしまったな」

「あはは。堕落《だらく》って感じでいいですねー」

カーテンの隙間《すきま》に目をやれば、外はすっかり暗くなっている。いつも昼寝のあとは、あそこから夕陽《ゆうひ》が差しこんでいるのだが。

でもまぁ、真倉が寝られたのであればよかった。

「最近、寝つきが悪かったたって言ってたっけ」

俺は上を向いたまま、そう真倉に話しかけた。

「そうだね、言ってました」

真倉もごそごそと、仰向けの体勢になる。それから頭だけ持ち上げて、ぽすっと枕に乗せてきた。

……やっぱり近い。

布団の中では身体同士が触《ふ》れ合っている。冷静に考えるととんでもないことである。

ただ、こうしているのがとても心地《ここち》いい。

俺は何も気づかないフリをしながら、この状況《じょうきょう》が当たり前のように、話を続ける。

「全然寝られてなかったのか？」

「そうですね。明け方にやっと寝られて、すぐにアラームに起こされる、みたいな。学校がありますからねー」

「そうか……。体調は大丈夫なのか？」

「それは平気です。アイドルやってたときは、もっと睡眠時間が取れない日が結構ありましたし」

「そこで鍛《きた》えられたってことか」

「そうそう。特殊《とくしゅ》な訓練を受けてきましたので」

「テレビの前のみんなは真似《まね》しないでください的な？」

「あはは。あ、あと、夜は寝られないけど、保健室に一人でいるときは結構寝てます」

「そんなところで睡眠補給を⁉　いや、ダメだろ！」

「でも保健室だよ？　寝るとこだよ？」

「た、確かに……。いや、お前にとっては授業受けるところじゃねぇか」

「あははは」

笑った真倉が、足を小さくぱたぱたさせる。ひんやりとした彼女の足の指が、俺の足の甲にちょんと触れた。

「それで……寝られないのは、兎山のことか？」

何気なく話を続けるように、俺は気になっていたことを訊《たず》ねた。

真倉の言う「最近」の定義がわからないが、二学期が始まってからは、もう結構時間が経《た》っている。学校への登校以外に大きな変化があったとすれば、思いつくのはその一つしかない。

一人暮らしを始めたばかりの頃《ころ》はわからないが、少なくとも俺の知る限り、真倉は極々《ごくごく》少人数の人間関係の中ですごしていた。その分、そこに突如《とつじょ》入ってきた一人の少女は、彼女にとって大きな衝撃《しょうげき》だったのかもしれない。

「んー、そだね。学校始まってから、寝られない日はちょくちょくあったけど。でも、最近寝られてないのは、来羽ちゃんのこと考えちゃってだね」

「やっぱりそうか……」

「うん。……ちょっと、学道くんに見てほしいものがあるんだけど」

「なんだ？」

俺は首を捻る。

すると真倉はベッドの縁に置いていたスマホに手を伸《の》ばす。何度か画面をタップして、俺の方に向けてきた。

それはSNSのアプリのようだった。

「……七人の小人たち？」

どうやら、真倉の元所属アイドルグループのアカウントらしい。

「そう。読んでみてください」

言われ、俺は真倉が支えてくれるスマホに目を凝《こ》らす。

「……え、休み？」

そこには思わぬ事実が書かれていた。

メンバー桃森《ももり》くるはが、体調不良でとあるイベントを欠席するという知らせだ。真倉がスマホを持つ親指で、画面をスクロールしてくれる。さらに現れた記事でも、同じような兎山に関するお知らせ。

「これは……結構前からちょくちょく仕事を休んでたってことか？」

「はい。みたいです。全部が全部のお仕事ではないっぽいけど」

「そうだったのか……。仕事を休んで、この部屋に遊びにきてたのか」

「気づかなかった。や、よくウチにくるので、おかしいと思って訊《き》いたことはありました。

そのときは、平日も仕事があればそっちを優先してるって言ってたんですが……」

そういえば、そんなことも訊いてたな。だが、実際には休んでいた。

スマホの画面を消し、真倉は続ける。

「わたし、アイドルやめてからは、ＳＮＳも見ないようにしてたの。それで、この事態に中々気づけなかった。ずっと来羽ちゃんの様子がおかしい気はしてたけど……。やっと意を決して、昨日の夜にグループの公式アカを開いてみたの。それでわかった」

兎山がアイドルグループの活動を、休み気味になっている。ひとまず、それは事実だ。

そしてその理由はおそらく、前に二人で話していたときに口にしていた。

「わたしが、ちゃんと話を聞いてあげられたら……」

ぽつっと、真倉が口にする。

「どういう意味だ？」

「来羽ちゃん、わたしに会いにきてくれて、何か話したそうにしてた。でも、わたしにも事情があるって気を遣ってか、結局何も言ってこなかった。優《やさ》しい子だから……」

そこまで気づいてたのか。

「こっちから、聞いてあげられたらよかったんだけど。もし、わたしがグループを辞めたことに関係してたらどうしようとか。そもそもアイドルから逃《に》げたわたしにできることなんて何もないとか思っちゃって」

「そうだったのか……」

兎山が部屋にきだしてから、真倉はずっと悩《なや》んでいたようだ。夜、眠れなくなるほど。ただ、なぜ兎山が会いにきたのか、そこまでははっきりとわかっていないらしい。

何か策はないかと探りたく、俺は少しだけこの話を続けてみることにした。

「この前、この部屋で遊んだあとの帰り道で、兎山と少し話したことがあったんだ」

「え？　そうなんです？」

「いきなり後ろから話しかけられてな。んで、まぁ、昔の話とか聞いたんだが。兎山の奴《やつ》、真倉に本当に憧《あこが》れてたみたいだった」

「え、そんな話したの？」

「ああ。もともと、鎌倉《かまくら》こゆなのファンだったって言ってた」

「そうそう。あの子、最初はわたしのファンで——。これ、まだ来羽ちゃんと会う前に話したよね」

「コンビニでアイス買ったあとだったか。本当に、兎山と出会う直前だったよな」

「あれはほんとびっくりしました」

真倉はふふっと笑《え》みを漏《も》らす。

そんな中、次の俺の言葉で場の雰囲気《ふんいき》が変わるとは、思いもしなかった。

「一ファンから自分もアイドルを目指すようになったきっかけも、話してくれたぞ。真倉が『頑張《がんば》れ』って言ってくれたから。『頑張った人がアイドルになれる』って教えてくれたからって」

「…………」

真倉の返事が途切《とぎ》れた。

首を横に向けると、真倉は険しい顔で天井《てんじょう》を見つめ、目を細めていた。

「頑張れ、か」

ぽつりと、呟く声が部屋に響《ひび》く。

「本当に、無責任な言葉。謝《あやま》りたい……」

後悔《こうかい》の念が籠《こ》もった、苦しい声音《こわね》だった。

「どういう意味だ……？」

伝え聞きではあるが、真倉が兎山にかけた言葉に変な印象はなかったように思う。

頑張れ、とは……。

「学道くん、来羽ちゃんからいろいろ聞いたんだ」

「あ、ああ。いろいろというか、兎山自身のことばかりだが」

「そっか。……じゃあ、わたしの話も聞いてくれますか?」

言って、真倉がこちらを振《ふ》り向く。

重力に従ってぱらりと彼女の前髪《まえがみ》が流れ、目が合った。

「もちろん。聞かせてくれるか?」

俺《おれ》がそう答えると、真倉はまた上を向いて、ゆっくりと話し始めた。

「わたしもさ、最初は一人のアイドルファンだったんです。来羽ちゃんとの違いは、自分もやりたいって、自分で決めてアイドルを目指し始めたところ。もともと歌ったり踊《おど》ったりが好きで、もうこれしかないって思いこんでた」

真倉の、アイドルになる前の話らしかった。今まで聞いたことがなかった。

「まだ小学三年とかだったかな。そんなに裕福《ゆうふく》なお家じゃなかったから、独学でダンスとか歌の練習を始めたの。親のスマホで動画を見て、振りとか歌詞を覚えて」

「へぇ、そんなに小さい頃から」

「はい。アパートの狭《せま》いスペースでばたばた踊ってたからよく怒《おこ》られたなぁ。ほこりが舞《ま》う! とかって」

真倉は当時を思い出すように、楽しそうに話している。

「その頑張りを、ようやく認めてもらったのが小学校高学年のときでした。認められたって言っても、家族にだけどね。クリスマスのプレゼントとして、ダンススクールに通うことを許してもらったの。ボーカルトレーニングにも行きました。わたしはたくさん勉強して、パフォーマンスを磨《みが》いていった。絶対に、将来役立つと信じて。アイドルソングの振りつけを覚えるのを一旦やめて、ダンスの基礎《きそ》を仕上げたの」

兎山が言っていた。容姿、歌声、ダンスパフォーマンス、どれをとっても真倉は現役《げんえき》最高のアイドルだと。

それは幼い頃からの頑張りの成果だったようだ。

「中学生になって、とある事務所に入り、地下アイドルとしての活動を始めました。最初は『七人の小人たち』って名前じゃなくて、メンバーも三人の小さなグループだったんですが。とにかく最初の内は、お客さんを増やすためにできることはなんでもやりました。わたし一人でも目に留《と》めてもらえたら、グループのお客さんを増やすことができる。グループの中で最年少でしたが、人一倍頑張るって決めていたので、みんなに気に入ってもらえるよう、お客さん一人ひとりの理想にあわせたアイドルを演じてきました。地下の時代はお客さんとの距離も近かったんで、そういうことができたんです」

俺には想像もつかない人生を送っている。くっついて寝ているはずの真倉が、すごく遠い存在に思えてくる。

「その頃からね、周りの人たちにも頑張れって言われることが増えてきた。頑張ることが、一番大事だと思って。精いっぱい、努力した」

「大変な日々を送ってたんだな……」

「そうだね。でもまぁそれも、意味はなかったんだけど。全部、やめちゃったから」

ふっと、真倉は自嘲的《じちょうてき》な笑みを漏らした。

『頑張らなくていいよ』と、いつか真倉に言われたことを思い出す。あれは実体験に基づいた心からの声だったというわけか。本当に、無理して頑張ってはいけないと。自分自身が壊《こわ》れてしまうかもしれない。全てが無に帰す可能性だってある。

それを真倉自身が知る前に、ファンだった兎山にかけた『頑張れ』も、頑張った人だけがアイドルになれるというような、軽いものではなかったのかもしれない。幼い頃から積み重ねた本当の努力というものを、真倉は知っていたから。『たくさん頑張る』の言葉の重みが、きっと違ったはずだ。どこまでも果てしなく極限まで頑張った人が、アイドルになれる。

真倉は今、その言葉を無責任だったと悔《く》いている。

だけど、と俺は思う。

兎山はその言葉の重みを跳《は》ね返し、実際に今はアイドルになっているのだ。

「……兎山の奴、感謝してたぞ」

　真倉が「え」と短く声を発する。

　俺はあの夜、コインパーキングの暗がりでの立ち話を思い出しながら、言葉を紡《つむ》ぐ。

「あのとき、『頑張れ』って言ってもらえてよかったって。おかげで素敵《すてき》な景色が見られたって」

　真倉が息を呑《の》む音が聞こえる。

「一人のファンが、真倉のおかげで夢を持って、それを叶《かな》えたというのは事実なんだ。兎山はアイドルになって見た景色を、人生の宝ものだと言ってたぞ」

「……ほんと？」

「ああ」

「……そっか。そうですか。……それなら……よかったです」

　真倉はゆっくりとベッドの上で起き上がる。俺もそれにあわせて上半身を起こした。

　ほんの少しだけ、肩《かた》の荷が下りたように、真倉の表情が和《やわ》らいでいる気がした。

「わたしも、来羽ちゃんには感謝してるんです」

「ほう」

「まだ、それこそ地下アイドル時代の頃。ＳＮＳでたくさん応援《おうえん》メッセージを送ってきてくれる女の子がいたんです。わたしが何か呟《つぶや》く度《たび》に、それに反応してくれて、驚《おどろ》いてくれて、喜んでくれて、励《はげ》ましてくれて。同い年か年上の子かなと思ってたから、まさかあのライブにきてくれた小学生ちゃんがその子だとは思わなかったんだけど。来羽ちゃんがデビューしてから、直接、あのアカウントが来羽ちゃんだったたって教えてもらって」

「へぇ、兎山との間にそんなことがあったのか」

「そう。それで、わたし、かなり助けられてたから。お客さんの少ない辛《つら》い時期、その子に応援してもらいたくて頑張ってた時期があって。会場が埋まっていく光景を見せたくて、写真でそれを報告して一緒に喜んでほしくて。その頃はほんとに、それだけを軸《じく》に頑張ってた」

真倉は枕を引き寄せて抱き締め、そこに顎を乗せながら懐かしそうに笑う。

「この世界に引きこんでしまった責任もありますし……。もし、来羽ちゃんが今、何か道に迷って立ち止まってるなら、わたしにできることがあれば協力してあげたいな」

真倉の口から出たその言葉を聞き、俺はむずむずと沸《わ》き立つ思いを感じていた。

俺も、彼女《かのじょ》たちのために何かしてやりたい。

そして、その何かのヒントを、俺は持っている。

今なら大丈夫だと判断し、俺は真倉にそれを話す。

「兎山、もう一度だけ、真倉の輝《かがや》く姿を見たいと言ってた。それを道しるべにして、また頑張っていきたいと」

兎山が真倉に会いにきたわけ。どういう悩みを持っているか。おそらくそれが、仕事を休みがちになっている理由だろうこと。

それらを俺は、真倉に伝えた。

判断は、任せようと思っていた。彼女たちのこれまでの関係にくらべれば、俺の立場なんて部外者同然だ。

だけど、協力はしてあげたい。

果たして、真倉の答えは早かった。

「何か、方法はないかな……。学道くん」

俺は彼女の目を見て頷《うなず》いた。

「一緒に考えさせてくれ――」

⑨ミッションスタート

兎山《うやま》の望みは、もう一度、真倉《まくら》の活動しているところ——輝く姿を見たいというものだった。

だが、もちろんそこには問題がある。真倉はすでにアイドルをやめており、さらに人前にも出ないようにしている。

ただ、真倉にもなんとか兎山の力になりたいという想《おも》いはある。それならば、俺が何かいい案さえ思いつけば、彼女は実行に移してくれるだろう。

俺はその日の夜から作戦を考え始めた。と言っても、できることは限られており、概要《がいよう》はすぐに決まる。その演出を考えるため、俺は慣れない動画サイトやSNSを見漁《あさ》った。

月曜日の放課後、いつもの帰り道で、俺は真倉に考えている作戦の決まっている部分までを報告した。

「動画撮影《さつえい》しか、ないと思うんだ。顔を隠《かく》した動画を作る。それを動画サイトにアップする」

兎山の願いは、真倉の活動しているところを見たいというもの。従って、兎山一人の前でパフォーマンスをしても意味がない。

ただ、今の真倉は、過去のトラウマから大勢の前で顔出しはできない。ステージはもちろん、路上ライブなんかも難しい。そうなると、取れる選択肢《せんたくし》は一気に狭《せば》まる。

その中で一番実現可能と思われたのが、顔出しなしの動画を作ることだった。調べてみると、顔を隠して歌ったり踊ったりした動画は結構な数見つかった。中にはそれで有名になっているアーティストなんかもおり、とんでもない再生回数になっている動画も無数に存在した。

「編集は俺がやる。動画を見る人にはこれが誰《だれ》だか絶対にわからないようにする。何も気にせず、誰にも気を遣《つか》わず、過去は関係なく、新しい自分になったつもりで。やりたいように歌ってみてほしいんだ」

俺は足を止めて、真倉の顔を見る。

真倉も立ち止まり、こちらに目を向けてきた。

「……わたしにできるかな？」

俺は深く首を縦に振る。

「ああ、大丈夫《だいじょうぶ》だ」

真倉が幼い頃から多大な努力を積み重ねてきたことは、本人から聞いて知っている。そして、そのパフォーマンスの質は、ファンであった兎山も保証していた。俺ももちろん彼女の過去の映像から、その実力が本物であることはこの目で確認《かくにん》している。

真倉はしばし考えて、こくんと首を縦に振った。

「ありがと。頑張ってみます！」

そのワードが彼女の口から出たことが、俺は嬉《うれ》しかった。


「わたしもさ、考えてたんだけどね」

再び歩きだしたとき、真倉が口にする。

「なんだ？」

「……あのね、来羽《くるは》ちゃんにはわたしがアイドルをやめた理由、ちゃんと伝えとこうと思って」

俺は思わず「ほぅ」と息を漏らした。

「いいのか？」

実はあの夜、真倉の部屋を出て二人で話したときから、兎山は真倉の部屋に現れていなかった。

もしかするとあの日、兎山は諦《あきら》めの一歩手前で、真倉の一番近くにいる俺に直接攻撃《こうげき》をしかけてきたのかもしれない。俺と接触《せっしょく》して自分のことを明かしながら、真倉の現状をオープンにしようとした。

結局、兎山にとっての収獲《しゅうかく》といえば、尊敬する先輩《せんぱい》は今も誰かに憧れられている、ということくらいだったかもしれないが。

「来羽ちゃんはやっぱし、大切なメンバーで、大好きな後輩《こうはい》で、一番のファンだったから。今回もここまで追いかけてきてもらって……。本当のこと言わないままっていうのは申しわけないし。そもそもアイドルやめるときも、来羽ちゃんだけには言おうか悩んでたくらい、あの子のことは信頼《しんらい》してるから。……あと、またこれからも仲よくできたらなって」

「そうか……。しっかり真倉から伝えたら、兎山もわかってくれると思うぞ」

「だといいんだけど……。でも、決めたから、ちゃんと言います！」

「ああ」

稲刈《いねか》りが終わり広々とした田んぼを、秋の風が渡《わた》っていく。それを全身で受け止めるように、真倉は両腕《りょううで》を広げて伸びをした。

「よし！　じゃあ、帰ったら来羽ちゃんに連絡《れんらく》とってみる」

「ああ、わかった。俺は撮影の準備を始めるよ」

「お願いします。そっちの方は、わたし何したらいい？　てかてか、動画編集とか学道《まなみち》くん一人でできるんです？」

「動画に関してはもう昨日から調べてる。普段《ふだん》の勉強に比べたら簡単そうだ」

「え、さらっとすごっ」

「真倉はそうだな。動画で歌う歌を一曲選んで、仕上げておいてほしい。アイドル時代の曲なんかは、身バレ防止のため歌えないと思うから」

「わかった。やっておく」

今日のところは話がまとまった。と同時に、ミッションはここからスタートである。

真倉が握《にぎ》った拳《こぶし》をこちらに突《つ》き出してくる。

慣れないことにどぎまぎしながら、俺はそのグーに自分の手を丸めて当てた。

＊

もう何度も足を運んだアパートだが、その部屋を訪ねるのは初めてだった。

夜、二二時。そろそろ家に帰っている時間だろう。ここだという頃合《ころあ》いで、チャイムを鳴らしたつもりだったのだが……全然見計らえていなかった。

「おーん？　なんだぁ、少年じゃあないか。夜這《よば》い？　夜這いかぁ？」

ドアを開けてくれた弥子《やこ》さんは、顔を赤くして酔《よ》っ払《ぱら》っていた。胸の谷間がばっちり見えてしまう襟元《えりもと》の緩《ゆる》い白のTシャツを着ていて、俺はさっと目を逸《そ》らす。

しまった、この人と会うのに夜は悪手だった。平日でも基本的に毎日お酒を飲んでいることを失念していた。

朝、仕事に行く時間で出直すべきか……。でも、学校もあるし、弥子さんが何時に家を出るのかもわからない。

ひとまず俺は酔っ払いの相手をする覚悟《かくご》を決めた。

「そんなんじゃないです。ちょっとお願いがあってきました」

「お願い？　やっぱり夜這いじゃあないか。ん？　待てよ？　少年今何歳《なんさい》だ？」

「未成年です」

「おぅ……、あたしは今日、犯罪に手を染めてしまうのか」

「なんとしても夜這わせる気だ⁉」

「うはは、冗談《じょうだん》じゃあないか。こいろの男にそんなことできるわけないだろ。まぁ、とりあえず中に入れ。ちょっと寒い」

「真倉の……ってのはちょっと意味がわからないですが。お邪魔《じゃま》します」

弥子さんに招き入れられ、俺は部屋の中に入った。

彼女がいったいどんな部屋に住んでいるのか、未知数な部分があったが、

「適当に座《すわ》ってくれ」

「はい。……綺麗《きれい》な部屋ですね」

窓際《まどぎわ》にあるごみ袋《ぶくろ》に、潰《つぶ》されたお酒の缶《かん》が大量に捨ててあるのには目を瞑《つぶ》って。そこ以外は予想外に、すっきりとした室内だった。

「あんまり物を置いてないからなぁ。買うものといったら、酒か化粧品《けしょうひん》くらいだし。あとはまぁ、いつ男がきてもいいよう、見えるところは綺麗にしてる。窓の外と、冷蔵庫の中は見ないでくれ」

「な、なるほど……」

いったいそのNGゾーンに何があるのか。

テレビ台が右の壁際にあり、反対の壁にベッドがくっつけて置かれている。真倉の部屋と同じ配置だ。弥子さんの部屋にはそのテレビ台の横にドレッサーがあり、俺にはよくわからない化粧品がたくさん並べられていた。

床《ゆか》には固めのジャギーマットが敷《し》かれており、そこに座って飲んでいたのだろう、梅酒

サワーの缶が小さなガラステーブルの上に見受けられる。

「とりあえず、ちょっとつき合えよ。チューハイなら飲めるか？」

俺が床に座ると、弥子さんは冷蔵庫の方に視線を送る。

「だから未成年です」

「真面目だねぇ。ここにくること、こいろには話してるのか？」

言いながら、弥子さんもテーブルの近くに腰《こし》を下ろした。

「はい。さっきまで真倉の部屋にいたので」

「へぇ。なんだ。気になるあの子に内緒のイケナイ関係じゃあないのかい。それ聞いて、こいろは何か言ってたか？　男の子一人で女の人の部屋に行くなんて！　みたいな」

「何かあったらすぐに部屋を出なって」

「あたしが襲《おそ》う側か⁉」

思えば、真倉の奴、弥子さんがこの時間酔っぱらってること知ってたんだろうな。よくわからない忠告だと思ったが、今なら意味がわかる。

「なんだ。そうならこいろも一緒《いっしょ》にきたらよかったのに」

そう続けて、弥子さんはテーブルにあった梅酒サワーを一口飲む。

「この話は俺に任せてもらってるので」

俺が言うと、弥子さんは「ほう」と漏らして目を細めた。

「さっき外で、お願いとか言ってたな」

「はい、そうです」

「ふむ。話してみな」

弥子さんは梅酒の缶を下におろし、少しだけ背筋を伸ばした。

「ありがとうございます。あの、弥子さん、広告会社で働いてますよね？　ビデオカメラを持ってないかなと思いまして」

弥子さんは目をぱちぱちとさせる。

「ビデオカメラ？」

「はい」

「何に使うんだ？」

「それは……ちょっと動画を撮《と》りたくて。真倉の」

俺はとある事情から真倉のパフォーマンスを動画に撮る流れになったことを説明した。

「その撮った動画を編集して、動画サイトに上げるのか？」

「はい」

「それを、こいろがオーケーしたと……。さっき、この話は任されてるとか言ってたもんな」

「そうです。そんな感じで、ビデオカメラが必要で」

弥子さんはじろじろと俺の顔を見てくる。それから、ふっとどこか面白《おもしろ》そうに笑みを漏らした。缶に残っていた梅酒をぐいっと呷《あお》る。

「ビデオカメラはある。会社のものだが、お客さんのお店とかのイメージビデオ撮るのに使うためのやつが数台。まぁ、あたしはだいたいスマホで撮って終わらせてるんだが。仕事熱心な奴が、スマホの動画より格段に画質がいいと言ってるのを聞いたこともある」

「ほんとですか！　それって借りられますか？」

「ああ。問題ない。常に一台は余ってるしな。二、三週間、あたしが借りたことにしておこう」

「ありがとうございます！」

助かった。会社の業務で使うようなレベルのビデオカメラなんて、そうそう借りられない。正直、弥子さんが無理だったら、スマホでの撮影がかなり濃厚《のうこう》になっていたところだった。

「明日でもいいよな？　持って帰って、こいろの部屋に届けておくよ」

俺が再び礼を述べると、弥子さんは笑って立ち上がった。次のお酒を取りにいくらしく、廊下《ろうか》の冷蔵庫へ。

お酌《しゃく》でもなんでもさせていただきたい気分だったが、弥子さんは自分で新しいお酒の缶を開けて飲みながら戻《もど》ってきた。

「にしても、やっぱりお前らいい感じだよなぁ。こいろとはどこまで進んだんだ？」

「どこまでって言われても、別に何も……」

そう答えながらも、俺の脳内にはあの日のベッドが蘇《よみがえ》っていた。甘《あま》い香り、柔《やわ》らかな感《かん》触《しょく》、耳元で聞こえる彼女の吐息《といき》。

「どの段階だ？　手は繋《つな》いだか？」

「いえ」

「お互《たが》いのことは下の名前で呼び合ってるよな？」

「向こうだけ、呼んでくれてますが」

「んー、じゃあ、お互いの過去の恋愛《れんあい》の話はしたか？」

「全くないですね」

「……お前ら、ほんとに一つ屋根の下ですごしてるのか？」

誤解を呼びそうな言い方だな……。ただまぁ、俺たちはそういった関係ではないのだ。健全な堕落生活を送っているだけだ。添《そ》い寝《ね》だって、事情があってしただけで――。

「じゃあ、ハグは?」

突如聞こえたその弥子さんの言葉に、俺はびくんと身体で反応してしまった。

「えっ」

弥子さんが驚いた顔でこちらを見てきた。

「あ、や、そんなの、してるわけないじゃないですか」

「だ、だよな。え、でも今、なんか変な間が」

「これまでの質問の流れが、急に逆転して飛躍《ひやく》したので」

「なるほど確かに。や、ずっと部屋で二人すごしてるお前らなら、一気にいろいろ飛び越《こ》してやっちゃってるかなーなんて思ってな。すまんすまん」

あー……。これは中々大変なことをやっちゃっていたのだろうか。

あれは片方が後ろからのハグだからセーフ、なんてことはないよな?

……気づかないうちに、いろいろ超越《ちょうえつ》してしまっていたのだろうか。

考えていると、急速に胸の奥《おく》が熱くなってくる。

「でも、『別に何も』の中でも、何かはあっただろ。教えてみな」

「なんでですか……」

「お姉さんは若い子たちの青春を肴《さかな》に酒を飲みたいだけだよ。ほら、ビデオカメラのお礼だと思って」

「はぁ……」

うはははと笑い、お酒を飲む弥子さん。俺がお願いをするときは、一瞬真剣《いっしゅんしんけん》に話を聞いてくれていた気がしたが、また顔が赤くなっている。勢いよく飲んだもので、お酒が一滴《てき》唇《くちびる》からこぼれ、白Tシャツに染《し》みができていた。

人の青春を肴にねぇ……。青春……。

そのとき、俺はそのワードから、とある真倉とのやり取りを思い出した。

「あ、あれならありましたよ！」

「あれ？」

「あれです。グータッチです」

「グータッチ……？」

弥子さんはぽけっとした顔をして、やがてまたあはははと笑いだす。

「そうかそうか、グータッチか。ぜひともお前たちには、そのペースで進んでほしいな」

「善処します。なので、ビデオカメラお願いします。……それでは」

俺はささっと立ち上がり、「おーい、しょうねーん」という弥子さんの声を背に部屋を出る。これ以上の追及は避《さ》けたいところだった。

なんとか酔っ払いの部屋から脱出《だっしゅつ》することに成功した俺は、いろいろあったが一仕事を終えた達成感から、ふぅと小さく息をついた。

＊

弥子さんの部屋にお邪魔した翌日、俺は熊田《くまだ》先生に会うため放課後の職員室にやってきていた。

「根来《ねごろ》くん、授業終わりの学校で、女の子を呼び出しなんて……。先生もまだ捨てたもんじゃないってことでしょうか」

「先生、昨日酔っぱらってた弥子さんとノリが一緒ですね……。仲がいいのがわかります」

「そ、そう？　なんかそう言われると嫌《いや》ね」

熊田先生はこほんこほんと咳払《せきばら》いをする。

「ダメね。根来くんとはもう内輪ノリみたいな感覚になってしまって」

「いつの間にか内輪に入ってた⁉　……光栄です」

俺がそう言うと、熊田先生はふふっと笑みを浮《う》かべる。

「とりあえず、私の席で話しましょう」

熊田先生のあとに続いて職員室に入ると、生暖かい空気とコーヒーの香りに身体が包まれた。もう何度目かの職員室で、熊田先生の席はすっかり覚えている。

入ってすぐの一年生担任の島の、奥から二番目。いつものように、隣《となり》の空いていた回転椅子《いす》を引っ張ってきて、座らせてもらう。

さて、今日ここにきたのは、実は熊田先生にもお願いしたいことがあったからだった。

俺がさっそく本題に入ろうとしたとき、先に熊田先生が口を開く。

「話は聞いてるわ。弥子ちゃんから」

「えっ」

昨日の今日だぞ。あのあとすぐに電話したのか、弥子さん。

けどまぁ、今回のことを少しでも知っていてくれた方が、話が早い。少し驚いたが、気を取り直して話を続けようとして――、

「まさか、ハグまでしてるとは。今時の若い子たちは展開が早くてびっくりします」

「ちょっと待て!」

話を聞いたって、そっちか。

てっきり真倉の動画を撮る件の方かと。

あと、しっかり話を盛られていた。ハグについては否定しておいたはずだが。噂話《うわさばなし》って

こうやって広まっていくのか……。いやまぁ、事実ではあるのだが。

「違《ちが》います。それは弥子さんが誤解してるだけです。決してまだハグなんかは」

「そうなの？」

「はい！」

「顔が赤いけれど……？」

「き、気のせいじゃないですか？」

「まだ、と言っていましたね。ってことは、いつかは？」

「それは言葉の綾《あや》です」

熊田先生は「ふーん」と返事をしつつ、顔はにやにやと笑っている。

「そんな話じゃなくて、今日はお願いがあってきたんです！」

ここはひとまず話を逸らすことにして、俺は無理やり本題へと入った。

「何か動画を作るみたいね」

「そっちも聞いてたんですか」

「はい。ただ、これは弥子ちゃんより先に、昨日保健室でこいろちゃんから話を聞きました。ちょっと、頑張ってみることができたって」

「そうですか。そんなことを……」

保健室でよく熊田先生と話しているとは、真倉から聞いていた。

頑張ってみる、か……。それを聞いて、俺まで胸がそわそわしてくる。

なんとか、成功させたい。

「お願いって、どんなこと？」

「あ、はい。その動画の撮影で、休みの日に学校の屋上を使わせてもらいたいんですが」

それを聞いた熊田先生は、きょろきょろと周りを見回した。しばし視線を斜《なな》め下に向けながら逡巡《しゅんじゅん》し、それから回転椅子を少し滑《すべ》らせて俺に身を寄せてくる。

「職員室に入って左手の壁《かべ》に、鉄製のキーボックスがあるのわかるわよね。特別教室や体育館の鍵《かぎ》がかかってるところ。屋上への鍵も、あそこにあるわ」

そう、小声で教えてくれた。

「それって、使っていいってことですか？」

「さぁ」

「さぁ？」

俺は思わず繰《く》り返してしまう。

すると熊田先生は、立てた人差し指を口元にあてながら、意味ありげな視線をこちらによこしてくる。

「屋上はね、特に入ることを学校側から禁止しているわけじゃない。屋上の扉《とびら》に、立ち入り禁止なんて張り紙をしているわけでもない。なぜなら、普段からしっかり鍵がかかっているから」

「はい」

「私は今の根来くんの話は聞かなかったことにする。許可も出していない。ただ、あなたは鍵のある場所を知っている」

「……なるほど」

俺は熊田先生が言いたいことを察した。その反応を見て、熊田先生がにやりと笑う。

屋上自体は、現状は入ることを学校から禁止されているわけではない。それは禁止せずとも、鍵がかかっていて入れないから。

ならば、当たり前のように鍵を開けて、屋上に入ればいいということだ。

それを熊田先生に許可を求めてしまうと、学校サイドとしては「入ってはならない」と明言せざるを得ないのだろう。そうなると、屋上に入れば規則を違反《いはん》したことになってしまう。

従って、俺のお願いは聞かなかったことにするから、堂々と屋上に入れということらしい。

「先生に見つかったら怒られますよね」

「そうねぇ。ただ根来くんは、世間知らずな高校生を演じればいいだけです。『入ってはいけなかったんですか？　初めて知りました』と」

熊田先生は俺から身体を離《はな》し、腕《うで》を組む。

「なんだか国語教師らしい屁理屈《へりくつ》ですね」

「褒《ほ》め言葉として受け取っておくわ。まぁでも別に、もし怒られるようなことがあってもね、そんなのは些細《ささい》なことだったたって大人になったらわかるから。別に屋上に入ったことを怒られたって、その場で反省したフリをしていれば、数分で終わることでしょう？　別に相手も、形式上怒っているだけで、そこからどうこうしたいわけじゃないのだし」

「まぁ、確かに……」

「だからそう、高校生のうちなんか、もっと気楽に生きていいのよって話」

最後の方は軽《かろ》やかな口調で言って、熊田先生は笑った。

確かにそうかもしれない。

夏休み、初めて塾《じゅく》の授業をサボったときは、家に帰ってからドキドキしながらすごしていた。しかし数日経《た》っても特段変わったことは起きず、次の塾の授業の日になっても何事もなく、当たり前のように日々は流れていった。

もっと気楽に……。

そのくらいの心構えでいた方がいいのかもしれない。

「ありがとうございました」

そうお礼を言って、俺《おれ》は席を立つ。職員室を出て、廊下を歩き始めた。なんだか足取りが軽い。

カメラの用意ができ、場所もなんとかなりそうだ。

準備は整ってきている。

しかしながら、まだやるべきことも多い。作戦における大事なミッションが、俺には残されていた。

動画撮影は日曜日にする予定。それまで一分一秒も無駄《むだ》にしたくなく、俺は自然と足を速めていた。

⑩夕陽の中のパジャマ姿

今回の作戦には、俺の力ではどうしようもない、重大な懸念点《けねん》が残されていた。それは当日までどうなるかわからず、俺には神頼《かみだの》みしかできなかったのだが——。

「おー、晴れましたねー」

午後三時、部屋のカーテンを開けて外を見ながら、真倉《まくら》が言う。

「そうか、よかった。や、雨雲レーダーではおそらく問題ないと思ってたが……朝、小雨《こさめ》が降っていたときはほんとにひやひやした」

そう。最後まで残されていた懸念点とは、天気のことだった。

昼、家を出た際、雨が降っていたときは一度絶望した。すぐにスマホでお天気サイトを確認し、通り雨であることは確認したが、実際にこうして止《や》むまではずっとひやひやしていた。

だが、止んでさえしまえば、この雨は作戦の追い風になるかもしれない。

「よし、そろそろ行くか」

窓際の真倉は両手を組んで前に出し、ぐぐっと上半身を伸《の》ばしていた。俺の声でそのストレッチを終え、羽織っていた学校の体操服ジャージのチャックを上まであげる。

「よし、行きましょっ」

そう俺に返事をして、ふっと笑《え》みを浮かべた。

彼女も準備万全といった感じだ。

俺たちは二人で学校へと向かうため家を出た。

「学道《まなみち》くん、昨日模試だったんですよね？　どうでした？」

「ああ、全力は尽《つ》くしたよ」

「おお！　お疲《つか》れ様《さま》です。勉強？　模試対策？　頑張《がんば》ってましたもんね」

「……そうだな。今までで一番頑張った」

俺のその返事に、真倉が意外そうに瞳《ひとみ》を大きくしてこちらを見てくる。

「今までで一番？」

「ああ」

どうして今回の模試で、と言いたいのだろう。そこにも一つ、考えていることがあった。

あとはまぁ、同時に動画編集のことを調べたりもしていたので、そういう意味でも一番頑張った。

「そっちはどうだ？　仕上げてきたか？」

　真倉が続けて何か言いたそうにしていたので、俺は先に質問を返した。

「それはもちろん！　今回は一曲だけだしね、歌詞も反復で完璧《かんぺき》に入れたし。……あとはやるだけです」

「そうか。……やれそうか？」

「うん！　学道くんを信じてるから。やってやりますので、とってもいい動画にしてください！」

＊

　幸いなことに、休日の職員室は教師の姿がほとんど見られなかった。

　部活で特別教室を使う生徒を装《よそお》って、俺はさり気なくキーボックスのもとへ行き、屋上の鍵を回収する。

　北校舎の階段を駆《か》け上がると、屋上の扉がある階段室で真倉が待っていた。人通りのある職員室前の廊下は避け、先に階段をあがっていてもらったのだ。

「鍵、どうでした？　って、めちゃめちゃ息上がってる⁉」

「や、真倉を一人で行かせたのが心配になって……。誰かとばったり会ってないかとか」

「それで走ってきてくれたんですか？　大丈夫です大丈夫です。ちょっとすれ違うくらい、普段の保健室登校のときに何度もありましたから。平気へいき」

「そうか？　まぁ、何もなくてよかった」

俺は取ってきた屋上の鍵を真倉に見せる。

「ほんとに、ありがとうございます」

そう言って、真倉はふふっと笑みを浮かべた。

俺は屋上の扉に近づいて、鍵を差しこむ。少し力をこめると、抵抗《ていこう》なくすんなり鍵が回った。ゆっくりと、扉を開く。

薄暗《うすぐら》い階段室に、眩《まぶ》しい光が差しこんできた。

俺たちは屋上に出て、辺りを見回す。

「わぁ、すごい夕陽《ゆうひ》」

「おお。これは綺麗だな」

周囲は肩《かた》の高さほどの金網《かなあみ》のフェンスに囲まれていて、その向こうの景色は何に遮《さえぎ》られることもなく大きく開けている。夕陽に染まる街を、一望できた。

肝心《かんじん》の舞台《ぶたい》となる屋上も、淡《あわ》いオレンジ色に染まっている。

俺は内心でガッツポーズをしていた。

完璧だ！

アイドルをやっていた頃《ころ》のように輝《かがや》く真倉の姿を、兎山《うやま》に見せる。その条件を満たすためには、単なる真倉のパフォーマンスの動画を兎山に見せるだけではいけない。

その動画が盛り上がっていないと――再生回数が伸びていないと、真倉が輝いているとは言えないのではないかと考えた。

そのためには、ただの動画撮影ではいけない。その動画をみんなが見たくなるような、構成が必要。そう思った俺は、ＳＮＳと動画サイトを見漁って、流行《はや》っている、拡散されている動画を研究した。

その中で、素人《しろうと》高校生の歌ってみた動画では、歌っている人の顔のよさと、歌が上手なのはもちろんだが、その他でどこかノスタルジックな、哀愁《あいしゅう》のある動画が人気になっている傾向《けいこう》があった。いわゆるエモいというやつだ。

そこで、舞台設定にはこだわった。

学校の特定を避けるため外の景色までは映さないが、屋上ということが伝われば女子高生だとアピールできる。そこに夕陽を加え、エモさを演出する。

そしてさらに、重要な仕掛《しか》けがこの舞台には存在する。

「そろそろだな。準備するか」

「うん」

俺と真倉は屋上の真ん中あたりで荷物を下ろした。

俺が弥子《やこ》さんに借りたビデオカメラをカメラバッグから取り出す間、真倉も持ってきたバッグをがさごそと漁《あさ》り出す。そして何かを取り出し、両手で持って夕陽に掲《かか》げた。

パジャマだった。

「えっ、そんなの持ってきたのか?」

「はい！　今から動画撮影で着るので」

「待てまて、顔はもちろんだが、身体もなるべく映らないようにするって言っただろ」

「いいんです！　パジャマはわたしの勝負服だから。もしかしたら何着てるか雰囲気《ふんいき》くらいは見てる人に伝わっちゃうかもだし。それに――」

真倉は言葉を切って、手元のパジャマに視線を落とす。

「学道くんが、新しい自分になったつもりでって言ってくれたので。だからもう、アイドル時代のことは忘れて、今の自分のスタイルを貫《つらぬ》いてやってやろうって思って。それで……」

「そうか。そういうことなら全然。というか、俺の方はどんな格好でも全く問題ないから」

　今の自分のスタイル――パジャマ姿で、歌って踊《おど》る。それをすることで、過去を振《ふ》り切ろうとしているのかもしれない。それならば、俺も嬉しい。

　ただ、問題ないとは答えたのだが、それは誤りだったかもしれない。

　俺の返事を聞いた真倉は嬉しそうに微笑《ほほえ》んで、パジャマを持って三メートルほど離れたところに移動する。そしていそいそと今着ている体操服のジャージを脱《ぬ》いだ。

「ちょちょちょ、待てまてまて！」

　俺は慌《あわ》てて声を上げた。大問題が起こっていた。

「ど、どしました⁉」

　真倉の方も驚《おどろ》いた様子で背筋をぴんと正していた。ただ、すでにジャージの中に着ていたTシャツを脱ごうとする格好で、お腹《なか》がちらと見えてしまっている。

「そ、そこで着替《きが》えるのか？」

「あ、あ、そうですよね。すみません。一瞬《いっしゅん》で着替えればいいと思っちゃってました。地下アイドル時代は、衣装《いしょう》着るとき、みんないる舞台袖《ぶたいそで》の奥の狭《せま》いスペースで早着替えとか当たり前だったから……」

　言って、服を下ろし、辺りをきょろきょろ見回す。夕陽の中でも、顔が赤くなっているのがわかる。

ただ、着替えのためにわざわざ移動してもらうのも悪い。階段室の方で着替えてもらうとしても、タイミング悪く四階の廊下なんかを誰《だれ》かが通りかかり、人の気配を察知されてしまっては大変だ。

「俺、絶対にあっち向いてるから、そこで着替えて大丈夫《だいじょうぶ》だ」

「あ、ありがと。じゃあ……」

俺が反対を向くと、少しして真倉が着替える衣擦《きぬず》れの音が聞こえてくる。

絶対に振り返ってはいけない。俺は手元のビデオカメラに意識を向ける。確かここのスイッチを押《お》して、光に合わせて画面を調節して、とても綺麗な形だったおへそにピントをあわせ——集中できん！

先程《さきほど》の服を脱ぐ真倉の姿が、脳裏《のうり》にカットインしてくる。

「終わったよー」

そんな声に振り向けば、パジャマに着替え終わった真倉が斜陽《しゃよう》の中に立っていた。テロテロ感のある生地《きじ》でゆったりとしたネイビーの、ザ・パジャマといったふうなセットアップだった。

「おお、よく着てるやつだな」

「これが一番リラックスできるんだ。一軍のパジャマ」

「そうか。似合ってるぞ」

俺がそう言うと、真倉がへへへと笑う。

そのとき、西日が一段と強烈《きようれつ》に輝いた。俺はスマホを取り出して時刻を確認《かくにん》する。一七時一五分。

頃合いだ。

「始めようか」

俺のその言葉に、

「お願いします！」

真倉は不敵な笑みで、頷《うなず》いた。

＊

真倉の顔は見えないようにする。だけど、モザイク処理を入れることは避けたかった。エモさを求める歌ってみた動画の、雰囲気を損《そこ》ねてしまう。

後ろ向きで歌ってもらうのも、なんだかもったいない。かといってサングラスやマスクで顔を隠《かく》すのもありきたりだ。

そこで俺が考えたのが、今回の演出だった。

夕陽の逆光の中、真倉の姿が影《かげ》になった形で撮影《さつえい》をする。

太陽の高度が下がり、最も夕陽が眩しくなる天頂角。その時間帯を狙《ねら》って、待っていた。

また、雨のあとは大気中の不純物が減って空気が澄《す》み、太陽光の眩しさが増す。条件は揃《そろ》っていた。

俺の指定した場所に真倉が立ち、俺は五メートルほど離れた場所からカメラの角度を調整する。レンズに映る彼女《かのじょ》は、想定通り暗い影になっていた。

「どう?」

両手で握《にぎ》ったスマホをお腹の前に置きながら、真倉が訊《き》いてくる。

「おう。完璧だ。真倉のタイミングで始めてくれ」

俺がそう言うと、真倉は俯《うつむ》き、自分の立ち位置を確かめるように足を少し動かした。それから一度深呼吸をして、前を向く。

「いきます」

そう静かに口にした。

音楽を流す小型スピーカーは、真倉が用意してくれていた。俺のスマホとBluetoothで繋がっている。俺はスマホを操作し、とある楽曲のカラオケバージョンの再生画面でボタンをタップした。

小刻みなギターのカッティングから、イントロが始まる。

メロディが入ると、それにあわせて真倉が身体を揺《ゆ》らし始めた。真倉がチョイスしたのは、きっと多くの人が聞いたことのある、最近とある映画の主題歌にもなった人気曲だった。夕陽の中で、黒い髪《かみ》の躍動《やくどう》感のある動きがとても映《は》えて見える。

Ａメロに入る前、真倉が手に持っていたスマホをマイクのように口元に構える。そして、歌い始めた。

静かなメロディに、空気の中をどこまでも伝わっていきそうな澄んだ声が乗る。俺は思わず聞き惚《ほ》れた。声の伸びがすごい。開けた屋上で、ビデオカメラが綺麗に音声を拾えるか心配だったが、問題なさそうだ。

とても美しい声音《こわね》である。俺は動画を撮りながら耳を傾《かたむ》ける。

それはＡメロの終わりだった。語尾《ごび》の部分で歌声が裏返った。

一瞬失敗かと思ったが、どうやら違うようだ。

Ｂメロ。少し曲のテンポがアップすると、真倉は感情が乗ったように声を軋《きし》ませ、震《ふる》わせ、跳《は》ね上げる。知らなかったのだが、よくよく聞けば、その歌詞はどこかの少女の苦しみを書いたもののようだった。前を指さしたかと思えば、その腕を強く横に振り下ろす。

前傾姿勢《ぜんけい》になり、Ｂメロを歌いきった。

そしてサビで、少女の怒《いか》りは爆発《ばくはつ》する。

疾走感《しっそう》を孕《はら》むロック調に変わった曲を、がなりを加えた声で歌い上げる。続く言葉は巻き舌になり、崩《くず》れるようなビブラートが耳に残る。

誰かの歌を聞いて、鳥肌《とりはだ》が立ったのは初めてだった。

まるで現実の自身の想《おも》いを重ねるように、魂《たましい》をこめて歌っている。

真倉の影が空を見上げ、垂れ下がった髪の隙間《すきま》から夕陽が煌《きら》めく。

本当は一番で終わるつもりだった。だけど気づけば、そのままカメラを回していた。

二番のＡメロを、真倉は髪を掻《か》き上げ、額に手の甲《こう》を当てながらしっとりと歌う。しかしその中でも、泣くように声が裏返る瞬間《しゅんかん》があり、ぴりぴりとした感覚は続いていく。

俺は呼吸をすることも忘れたように、彼女の姿を見つめていた。

アイドルを目指すため、基礎《きそ》を鍛《きた》え上げてきたと聞いていた。ファンの兎山も、パフォーマンスにおいて現役《げんえき》最高のアイドルだと話していた。それに、俺も彼女の昔のライブ映像なんかは見たことがあった。

しかしその実力が、これほどまでとは。

手を掲げ、虚空《こくう》を掴《つか》む。その指の動きさえ美しい。外連味《けれんみ》がある声は、ずっと聞いていたくなる。

二番のサビが終わると、Cメロに入る。

かすれた声で、一言ずつ吠《ほ》えるように歌う。

そして半音上がったラストのサビでも、彼女は圧巻の歌声を披露《ひろう》した。決して落ちない声量で、歌声を遥《はる》か先に響《ひび》かせる。握った拳《こぶし》を上空に突《つ》き上げて、ラストのワンフレーズを歌いきった彼女は、最後は俯いて終奏が途切《とぎ》れるのを待っていた。

極上《ごくじょう》のライブを目の前で見られた気分だった。

そこにアイドル鎌倉《かまくら》こゆなの面影《おもかげ》は、一ミリもない。一方、ただの歌うま高校生でないことも一目瞭然《いちもくりょうぜん》だ。いったい誰なのか、本物のプロなのか、見る者は好奇心《こうきしん》が掻き立てられるだろう。

きっとこれは、最高の映像になる――。

曲が終わり、ふっと身体の力を抜《ぬ》いた真倉が顔を上げる。それから、切り替《か》えるように、ほわっと笑顔《えがお》を見せた。

そこで俺も思わずはっとして、なんだか現実に戻ってきたような感覚に襲《おそ》われる。

「へへへ、どうでした？　ちょっと力んじゃいました」

「いや、ほんとにすごかった。こんなの想像してなかった」

「ほんと？　アイドルのときはこんな歌い方したことないから、多分バレないよ」

「迫力《はくりょく》もあって……いや、ほんとにすごすぎたしか言葉が出てこない。これまでの努力が、ありありと伝わってきたというか」

「あはは。学道くんにそう言ってもらえたら、なんかもう報《むく》われた気分です。ありがと、見てくれて」

「いや、それはこちらこそ――」

そんなことを話していたときだ。

背後で、屋上の扉ががちゃんと開く音がした。

心臓がひゅんと縮む。隣で真倉もびくっと肩を跳ね上げている。

確かに、あんなに声が響いていたら、さすがに校舎の中の人にもバレてしまうか。動画を撮《と》り終わったあとでよかった。

そう思いながら、おそるおそる振り返る。

「屋上に誰かいるって報告が入ったけど――誰もいないみたいね」

そこに立っていたのは、我らが熊田《くまだ》先生だった。俺たちの顔を見回して、ふふっと笑う。

「な、なんだよー、さとみちゃんびっくりさせないでよー」

真倉がどっと脱力《だつりょく》したように、首をかくんと下に折る。

俺もふぅと深く息をついてしまった。

「屋上に誰かいるって、運動場で部活してた子から連絡《れんらく》があったのよ。私が一番に立ち上がって、見てきますって言って駆けつけた。どう？　屋上での用は終わった？」

そう熊田先生が説明してくれる。

どうやら俺たちをピンチから助けてくれたらしかった。

「はい。終わりました。ありがとうございます」

そう俺が言うと、

「ごめんね、ありがとう。さとみちゃん」

と、真倉が続ける。

「全然。その代わり、どんなものができたのか教えてね」

「うん！」

大きく頷く真倉に微笑み、それから熊田先生は俺に向かって手の平を差し出してきた。

「じゃあ、根来《ねごろ》くん、鍵を貸してください。私が屋上にくるときに持って出たことにして、あとからキーボックスに返しておくから」

「すみません、よろしくお願いします」

俺はポケットに入れていた鍵を熊田先生に渡《わた》す。

「じゃあ、他の人も様子を見にくるかもしれないし、なるべく早くここを出て」

「はい！」

俺と真倉は慌てて片づけをして屋上を出た。あまり余韻《よいん》に浸《ひた》る暇《ひま》はなかったが、まだ屋上でのライブの熱が冷めきっていないようで、身体の中がふつふつと熱を持っている。こみあげてくる気持ちを抑《おさ》えきれず、俺は階段を下りる途中《とちゅう》で彼女を振り返った。

「真倉！」

真倉が立ち止まり、「どした？」ときょとんと小首を捻《ひね》る。

俺はそんな彼女の前に、握った拳を突き出した。

それはいつかもやった、グータッチだ。前は真倉からだったが、今度は俺から。真倉がこつっと、拳をぶつけてくれる。

「おつかれさま、真倉」

「そっちこそ、疲れたでしょ。学道くん。ありがと」

俺たちは二人して小さく笑い、また急いで階段を下りていった。

⓫恋ってなんだろう

　昨年からついてくれている新人マネージャーさんは、毎日熱心に電話をかけてきてくれる。

『――それで、どうかな、来羽《くるは》ちゃん。そろそろまた、復帰していくっていうのは。前にも話したけど、来羽ちゃんくらいの実力があれば、いつかソロでもデビューできる。プロデューサーさんもそう言ってくれてる。ただ、それにはしっかりアイドルを卒業して区切りをつけないと』

　部屋のベッドの縁《ふち》に腰《こし》をかけながら、スマホを両手で持って耳に当てる。なぜだかわからないが、マネージャーさんと電話をするときは、いつも反射的にその体勢をとっていた。

　ソロデビュー……。その先にはいったい、どんな未来が待っているのだろう。自分のなりたい姿は、そこにあるのだろうか。

　こゆな先輩《せんぱい》なら、どうしていただろう……。

「休んでばかりで、本当にすみません。考えさせてください」

そう答えると、受話口のむこうでかすかに落胆《らくたん》の息の音が聞こえた。

なぜこんなことで仕事を休んでいるのか。そもそも自分自身のことがわからないのだ。

もともと自分はアイドルをやりたかったのか？　アイドルになって、何をしたかったのか。

全くわからない。

これまでずっと、こゆな先輩みたいになりたいという、その想いだけでやってきたのだ。

本当に彼女だけが、自分にとってのアイドルで、憧《あこが》れだったから。

電話を切ってしばしすると、こんこんこんと、部屋のドアがノックされる。

「はい」

そう短く返事をすると、外からお母さんの声が聞こえてくる。

「来羽ちゃん、大丈夫？　……晩ご飯、食べたいものある？」

心配してくれているのだ。きっとマネージャーさんと電話しているときから、ドアの外で耳をそばだてていたんだと思う。

そりゃそうだろう。本当は今日、仕事がある日だから学校を休んだ。でもその仕事をサボって、一日部屋に籠《こ》もっている。中学生の娘《むすめ》が引きこもり予備軍に？　と、親の立場なら不安になるに決まっている。

「ありがとう。なんでも食べるよ」

少し間を置いて、「わかったわ」と返事が戻《もど》ってくる。

ちょっと前までは、仕事を休んだ日は、こゆな先輩の家に行っていたのだが……。でも、もう、先輩をもう一度アイドルには誘《さそ》えない。

こゆな先輩がアイドルの世界を去った理由を、彼女自身の口から説明してもらったから。仕方ない、と思う。事情が事情だ。でも、もう一度会えばなんとかなるかもと期待していた部分もあって、正直落ちこんだ。

いなくなってから、これほどまで実感するとは思わなかったけど。本当に、自分には先輩しかいなかったようだった……。

『ごめんね、来羽ちゃん。本当にごめん。あのとき頑張れって声をかけたことを後悔《こうかい》したこともあったんだ。でもね、今は少し気持ちが変わってて……。ちょっとだけ待っててほしい』

そんなことを、こゆな先輩は言っていた。

待ってててって、いったいなんのことだろう。あのときは教えてもらえなかった。あれからもう、一週間以上が経っている。

ふぅと息をついて、ベッドに伏《ふ》せて置いていたスマホを手に取った。なんとなくいつもの癖《くせ》で、ＳＮＳのアプリを開く。

その投稿《とうこう》がこのタイミングで目に入ったのは、決して偶然《ぐうぜん》ではないだろう。なぜなら、最近はしょっちゅうこんなことばかり考えていたから。

「こゆな先輩⁉」

それは動画の投稿だった。無音で動く動画をタップして再生画面にし、スマホの音量を上げる。夕陽の逆光の中、女性が歌っている動画。顔は影《かげ》になっていて見えないが、その姿――動作に目が釘《くぎ》づけになる。

間違《まちが》いない、こゆな先輩だ。

歌っているのはアイドル時代の曲ではなく、今流行っている別のアーティストさんの楽曲だ。初めて聞く歌い方。ダンスではなく表現というのが正しいだろうパフォーマンス。

それに、感情を露《あら》わにするような鬼気《きき》迫《せま》る歌声。

まず、アイドル鎌倉《かまくら》こゆなだとは気づけない。

でも、自分にはわかる。これはこゆな先輩だ。先輩のシルエット。何気ない動きの癖。

それに、根本的な声の質。ずっと、見てきたから……。

曲の一部を切り抜いた、短い動画だった。思わずもう一度再生してしまう。

すごい。こんな歌い方できたのか。なんて技術の幅《はば》だ。アイドルとして求められるレベルを遥かに超《こ》えている。

動画はおススメの投稿として、流れてきたものだった。別グループのアイドルが、『この人すごい！　誰？　プロ？』というコメントと共に、元の投稿を拡散している。

その文字をタップして、元の投稿へ。

『最近勉強中は、この動画を流してます！　なんだか力をもらえて、やるぞって気分になります。というか、シンプルに歌やばすぎ。神！』

そこには、短い動画と共に、元動画として動画サイトのURLが添《そ》えられていた。

投稿者《とうこうしゃ》の名前は、『学道《まなみち》@模試一位』……なんかめちゃめちゃ見覚えのある名前だ……。

学道@模試一位さんのアカウントは、フォロワー一〇〇〇人少しだった。だけど、二日前に投稿されたその内容は——すでに一万件以上も拡散されていた。

URLをタップして、動画サイトへ飛ぶ。タイトルは、『学校の屋上で、夕陽の中、人気映画の主題歌を歌ってみた』。その後ろに、アーティストと楽曲名が入っている。

そちらも非常に高評価で、再生回数も一〇万回を超えようとしていた。

動画は三分ほどで、一曲分歌ったものをアップしているようだ。その動画を再生しながら、下のコメントをスクロールしていく。

『何これ、かっこよすぎ。もう何回も見てる』

『すげぇ……』

『バケモノ。新たな才能』

『なんだこの世界観は。この子何歳《なんさい》だ？　才能の原石というべきか、すでに磨《みが》き上げられた宝石なのか？』

『プロじゃないの？』

『余韻がやばくて、何回もリピートしちゃう』

『学校の屋上？　高校生⁇』

コメントの更新《こうしん》をかけると、また新しい反応が溢《あふ》れてくる。

『これ、喉大丈夫《のどだいじょうぶ》なのか？　エグすぎる』

『顔が見たい！　夕陽の中でも美人なのわかる』

『チャンネル登録しました。今後に期待』

再更新。

『いろんな感情、怒り、苦しみ、悲しみ、全部表現できてる。鳥肌』

『他の歌ってみたもアップしてほしい！』

『綺麗《きれい》！　素人の歌ってみただけど、映像がもうＭＶとして完成されてる』

『何か訴《うった》えかけられるような。やる気が湧《わ》いてくる』

そこには大きな波が起こっていた。気づけば動画を何度も再生しながら、コメントを読み漁っていた。

あのときのように、世間が、鎌倉こゆなに注目している。沸《わ》き立っている。高ぶっている。

アカウントを確認すると、すでに登録者は二万人を超えていた。真っ黒なアイコンに、『生きるか死ぬかの瀬戸際《せとぎわ》チャンネル』というチャンネル名。

なんというか、こゆな先輩らしいと思った。こういうミステリアスなところでも、人を惹《ひ》きつけるのだ。

思わずふふっと息を揺らしてしまった。

「……やっぱり、先輩はすごいです」

見せつけられた。鎌倉こゆなの、真の才能を。

自分はまだこんなレベルに達していない。先輩が元いたグループの、センターにも立てていない。

そんな自分が、先輩がいなくなっただけで、目標がなくなったといってアイドルをサボって……。何様だという感じである。

いつかこんな、いや、これを超えたい。

動画を見ていると、その怒《いか》るような歌声に釣《つ》られ、だんだんと闘志《とうし》が湧いてきた。

アイドルとして、まず先輩の実績を超える。

そして、いつか卒業をしてソロになったときは、この動画のような、誰かの心を動かせる——感動させられるパフォーマンスをしたい。

目の前が明るくなった気分で、その場で立ち上がった。

まずはマネージャーさんに謝《あやま》らないと。お母さんにも。あと、先輩にも会いたいな。この動画を拡散して気づかせてくれた、学道@模試一位さんにも——。

居ても経ってもいられず、スマホを急いで操作する自分は、きっと変なにやけ面をしていたに違《ちが》いない。

アイドルになりたいと初めて思った、あの日の感覚を久しぶりに思い出していた。

＊

動画を見たとの連絡が兎山《うやま》から真倉《まくら》に入ったのは、丁度俺《おれ》が真倉の部屋にいたときだった。

最初は一件のメッセージだったが、すぐにスマホが震《ふる》えだして、真倉が電話に出た。何度か頷いて相槌《あいづち》を打ちながら、俺《おれ》の方を振り返り、サムズアップする。

どうやらうまくいったようだった。

俺は一人安堵《あんど》の息をつき、ベッドにもたれてスマホを操作する。

やがて電話を終えた真倉が、嬉《うれ》しそうな顔で話しかけてきた。

「来羽ちゃん、動画全部見たって！　めちゃめちゃ褒《ほ》めてくれた！　でね、またいろいろ頑張ってみるって！」

「そうか。よかったな！　こっちでも報告してるぞ」

俺はスマホで見ていた、ＳＮＳの桃森《もももり》くるはのページを真倉に向ける。そこにはイベントを休んでいたことに対する謝罪文と、完全復活ライブのお知らせが並んで投稿されていた。

「ほんとにありがと。学道くんのおかげだよ」

「や、全てはあの歌――真倉のパフォーマンスの力だ。こっちまで感動したし、なんならたまに動画見ちゃうし。それに比べたら、俺なんて何もしてないに等しい」

「た、たまに見てるんだ……。なんか恥《は》ずいな。でもでも！　学道くんが何もしてないなんてことは絶対にない。だって、あのアカウント！　模試一位！　あれがなかったら、あの動画はあんなに広まってなかった」

「どうだろう。あの実力があれば、いつかは話題になってたと思うが」

「でも、それは多分、今じゃなかった。こんなに早く、あの動画を広めてくれたのは、絶対に学道くん」

真倉はそう、言いきってくれる。

これは俺が考えた、真倉の動画を広めるための作戦の一つだった。

ＳＮＳについて調べながら、俺は自分に何ができるか、自分にしかできないことはないか考えていた。その際、ふと、夏休みの旅行のときに真倉から教えてもらった、自分の頑張ってきた『勉強』をそのまま活《い》かすという案を思い出した。

勉強により学んだことで何かを考えたり応用したりするのではなく、勉強をしてきた頭脳そのものを活かす。

ハッとして、俺はＳＮＳで検索《けんさく》をかけてみた。

すると、全国模試で一位を取った人が、その証拠《しょうこ》写真をＳＮＳであげると、多くの反応が寄せられていることがわかった。

志望校ごとの順位が一位、三教科で全国一位、一つの科目で満点を取って一位。どれでも構わないが、インプレッションを伸《の》ばすには『一位』である必要がある。そして、それに加えて、普段《ふだん》の勉強内容や、勉強方法など、勉強に関しての内容を多く投稿している者には、数千～数万人のフォロワーがついているケースもあった。

もうすぐ塾《じゅく》で全国模試がある。俺は高一だが、高三・浪人生《ろうにんせい》向けの模試を受ける予定だ。塾が主体で一般《いっぱん》の高校では採用されていない模試なので、結果が返ってくるのも早い。

もしそこで一位をとって、ＳＮＳのフォロワーを増やせたら……。

そう考えた俺は、すぐにＳＮＳで勉強アカウントを作り、毎日の勉強内容を投稿しつつ模試対策を始めた。

また、高三生、浪人生と渡り合うため、一位を狙う科目を得意科目の数学に絞《しぼ》り、徹底《てってい》的《てき》に穴を潰《つぶ》していった。

そして、無事満点をとり、全国模試一位の結果を受け取ることができた。

その画像をアップし、受験界隈《かいわい》のフォロワーを獲得《かくとく》。編集が終わった真倉の動画をサイトにアップし、それからＳＮＳで拡散した。

だけど、その一投稿が、あそこまで広がったのは、間違いなく真倉の動画自体がとてもよかったからだ。投稿して一日経《た》たないうちに、拡散された数がフォロワー数の三倍になっていたのだ。最初は通知を切っていなかったので、スマホが苦しそうなほどに唸《うな》り続けていた。

「模試もそうだし、動画の編集もだよ。本当に、感謝してもしきれないくらい。何かお礼をしたいところだけど……」

真倉は思案するように視線を斜《なな》め上に飛ばし――ちらと俺を見て、なぜか顔を少し赤くしながらふるふると首を振る。何考えてるんだ？

「別にいいぞ。こういうのは、持ちつ持たれつというか。俺がしたくてやっただけだし」

そう俺が言うと、真倉は俺を見つめ、にっと笑った。

「じゃあ、わたしは学道くんに借り『一』だ。いつか絶対に返すから」

俺は「ああ」と頷き、彼女の笑顔に目を細める。

それがいつになるかはわからないが、「いつか」という約束があることは、なんだか嬉しいものだった。

＊

あの夜のコインパーキング以来、俺が兎山に会ったのは、約三週間ぶりのことだった。

本日は土曜日で、朝から塾の特別講義を受けていたのだが、模試が終わってしばらくはゆっくりする予定で、授業の終わった夕方からは自習室へは行かず真倉の部屋へ向かっていた。

彼女とばったり会ったのは、真倉の住むアパートに着き、二階への階段を上がっていったときだ。

「あ、先輩」

上から声がして顔を上げると、黒髪《くろかみ》ショートカットの美少女が、ぱちっとした丸い目でこちらを見下ろしていた。

「兎山……偶然だな」

俺が階段を上がりきるのを待って、兎山が話しかけてくる。

「また仕事で近くまできたので、こゆな先輩のところに寄ってたんです」

「そうか、仕事か」

俺がそう返すと、兎山はやははと苦い笑《え》みを浮《う》かべる。

「月末にあるライブも、調整が間に合うかギリギリですけど、参加したいって事務所に伝えました。バリバリ頑張《がんば》っていきます！」

「おお、よかった。応援《おうえん》してるぞ」

「はい！」

兎山は頷いたあと、何やらもじもじと両手を組んで指をすり合わせる。

「その、この前はありがとうございました。こゆな先輩と一緒《いっしょ》に、こっちのためにいろいろやっていただいたみたいで」

「別に、俺は特に何も」

「そんなそんな、ご謙遜《けんそん》を。こゆな先輩、とっても感謝してましたよ。あの動画は全部根《ね》来《ごろ》先輩のおかげだって」

感謝してたのか。真倉と兎山がどんな会話をしたのか、少し気になってしまう。

兎山は組んでいた手を祈《いの》るように胸の前に置き、目を輝《かがや》かせながら続ける。

「動画、ほんとに感動しました。夕陽《ゆうひ》の中、文字通り輝く先輩。ステージで一緒にパフォーマンスをできないのは残念でしたが、久しぶりにお客さんとして先輩の歌が聴けて嬉しかったです。やっぱり、狂《くる》うほど先輩が大好きなんだって、再認識《さいにんしき》できました。もう何回も動画見ちゃってますし」

無事、真倉と俺の目標は達成できていたようだ。本人からその言葉が聞けて、しみじみと作戦の成功を実感できる。

「よかったよ。俺もあの動画は結構見てる」

俺の言葉に、兎山がふふんと胸を張った。

「すごいでしょ、こゆな先輩」

「ああ。それは、ほんとに」

「久しぶりに会ったけど、ビジュアルもほんと変わってなくて最高で、完璧《かんぺき》で……。油断してたらすぐ、遠いところに行っちゃうかもですね」

なぜかにやにやしながら、言ってくる兎山。

それは、あの動画を通じて、また芸能活動を――という意味か？　それとも何か他の……。

俺が考えていると、

「やっぱり思ったんですけど、根来先輩、こゆな先輩のこと好きですよね」

「えっ⁉　な、なぜそうなる」

急なその言葉に、俺は思わず焦《あせ》って訊き返してしまった。

「だって、あの動画、考えたのとか撮影したのとか編集したのとか、全部根来先輩だとお聞きしました。あれだけのもの作るの、ほんとに大変だったと思います。しかも、かなりの高クオリティでしたし。それを、なんの見返りもなくやったんですよね？　それってもう……そうですよね？」

「……そう、なのか？　……って、違うちがう。そもそもこれは、他の人に頼《たの》めないことだったし、そもそも頼む人もいないし。俺がやるしかなかったんだ。ほら、真倉は俺が助けるって決めてたし」

兎山が俺の発言に、「おっ」と声を上げる。

「ちっ、違っ」

変な誤解を与《あた》えてしまったか。夏休みから、真倉は堕落《だらく》の先生で、俺は生徒で。だから、何かあれば、俺は彼女を助けたいと思っていて。それは俺たちの間では普通《ふつう》の関係で。そういうことが言いたかったのだが——。

ぐるぐると考える俺を、兎山は静かに眺《なが》めていた。

「言い訳？　無自覚？　どっちにしろ、そんなふうじゃ伝説のアイドルは捕《つか》まえられないかもですねー」

ふふっと笑って、兎山は踵《きびす》を返す。

「また遊びにきますね。ていうかぜひ、先輩もライブきてください！　よろしくお願いします～」

そう言い残し、兎山は去っていった。

俺は立ち尽《つ》くし、彼女の背中を見送るのみ。

……そうなのだ。真倉は、本当に伝説級だったのだ。あのパフォーマンスを見れば、それは否が応にでも伝わってくる。

動画のコメントにもあった。彼女は圧倒的《あっとうてき》な才能の塊《かたまり》だと。

心から、すごいと思う。

真倉とすごしていると、何度か（つい先ほどもだが）、彼女のことを意識しているのではと、周りから言われることがあった。

好きとかどうとか、正直そういった気持ちは未経験すぎてわからない。

ただただ、俺は彼女と一緒にいたいと思うのだ。

真倉という憧れの存在の、その隣《となり》になんとか並び立っていられるよう、頑張りたいと思うのだった。


アパートの敷地《しきち》を出る兎山から視線を切り、俺は真倉の部屋の前まで進んだ。チャイムを鳴らすと、すぐに扉《とびら》が開かれる。

「おいすっ、学道くん」

いつも通り、パジャマ姿の真倉が現れる。今日のチョイスは可愛《かわい》さ全開といった具合の、襟元《えりもと》にレースがあしらわれたネグリジェだった。

「おう。すまん、遅くなった」

「んーん、全然。今、来羽ちゃんと会ったでしょ？　何か話してなかった？」

外での話し声が、部屋まで聞こえていたのか。

「い、いや、特に何も？」

俺が誤魔化《ごまか》すようにそう言うと、真倉が俺の顔を覗《のぞ》きこんでくる。

「んー？　なんか怪《あや》しいですね。なんですか？」

「いや、ほんとに何も？　この前の動画、あれ作ってくれてありがとうってくらいで」

まさか、真倉のことが好きなんだろうと言われていたなんて、本人には絶対に言えない。

俺は続けて、

「ほ、ほら。久しぶりにゆっくりゲームでもするか！　今日は夜遅《よるおそ》くまでいられるぞ」

そう話題を逸《そ》らしながら、部屋に入る。これ以上追及《ついきゅう》されると困ってしまう。

そんな俺の方を、真倉が「ふーん」と怪しむような視線で見ていたのには、気づかないフリをした。

☆

『――根来先輩、こゆな先輩のこと好きですよね』

『ほら、真倉は俺が助けるって決めてたし――』


――学道くんには悪いけど、ばっちり聞こえてたんだよねぇ……。

け、決して盗《ぬす》み聞きとかではないよ？

わたしはいつも、お部屋から誰《だれ》かが帰るのをお見送りしたあとは、相手が離《はな》れるのを少し待ってから扉の鍵《かぎ》をかけるようにしているのだ。

今日も来羽ちゃんが帰ったあと、いつものように玄関《げんかん》で待っていると、二人の声が聞こえてきた。その声は、少し耳を澄《す》ませば聞こえてくる程度で、わたしはドアに近づいて静かにしていて――あれ？　わたし、盗み聞きしてたのか？

にしても、学道くんが、わたしのことを好き……。

来羽ちゃんがそんなことを言っていて、学道くんは否定していたけど否定しきれてない感じでもあった。

いやまぁ、実際わたしたちは、友達よりもちょっと距離《きょり》の近い変わった関係ではあるので、学道くんが曖昧《あいまい》な答えをしてしまうのもわかるのだが。

「………」

わたしの部屋に入っていく学道くん。その背中を見ていると、なんだか身体の奥《おく》がじーんと熱くなってくる。

――わたしはどうなんだ？

今回、彼《かれ》の助けがあったおかげで、大きな一歩を踏《ふ》み出せたことは自覚している。というか、何から何まで協力してくれて、感謝してもしつくせない。

いや、それとは別に、もう一つ、学道くんのことを考えると蘇《よみがえ》ってくる感覚があった。

あの、添い寝《ね》をしたときの、なんだか優《やさ》しいふわふわとした気持ち。得も言われぬほどの、安心感。

恋ってなんだろう。

どんな瞬間にするものなんだ？　どんなきっかけで生まれるものなんだ？

自然発生することもあるのか？　気づけば勝手に育って大きくなっていたりするものなのか？

単純でいいものなのか。それとももっと複雑なのが正しいものなのか。

未熟なわたしには、まだわからない。

ただ、わからないならわからないなりに、自分の気持ちに素直《すなお》になればいいのかも――。

なんて、考えると自分が止まらなくなりそうで。

わたしはどうすればいいかわからなくて、思わず笑ってしまいそうになる。

ただ、とてもとても愛《いと》おしい感情が、今この胸にあることは事実だった。

その気持ちの名前がはっきりとするまで、大事にだいじにしていきたいなぁと、わたしは考えていた。

あとがき

拝啓
おそらく盛夏の候、みなさまはどうお過ごしですか？
わたしは絶賛花粉に苦しめられ中です。

この文章は春の私からお届けしております。春暖の候というやつです。だいたい本文を書いて、あとがきを書いて、それから発売までにいろいろ準備があるので、タイムラグがあるのですね。

で、今、本当に花粉がピークです。

スギ花粉が終わり！　なんてニュースが目に入り、喜んだのも束の間、休む暇なくヒノキ花粉が飛散して、今日も顔面コンディションがぼろぼろです。くしゃみ止まらん……。

昔から、血液検査してくれたお医者様が驚くほどのアレルギー体質なんです。スギ、ヒノキ、イネ、ブタクサ、その辺りの花粉系を網羅しているのはもちろん、ダニ、ハウスダストも完璧に抑え、挙句の果てに米、小麦までクラス1で微弱ですが陽性反応を示していました。

お米とパンが食べられないなら何を食べたらいいんですかと、絶望しながらお医者様に訊ねたところ、『コーンフレークを食べればいいじゃない』と即答されたのはいい思い出です。（クラス1の擬陽性なので、今のところ普通にご飯食べていますが）

というわけで、話を戻しますと、毎年この時期は目に見えない粉にとても苦しめられているわけです。

目に見えないと言いましたが、飛んでいるのは鼻のむずむずでわかりますし、目に入ったのも痒みでわかります。完全に花粉レーダーになっています。

本当に、何か、いい対策を知っている方、教えてください……。

ただまぁ、わたしも花粉とは長いつき合いですから、大抵の対策は実行済みです。病院を受診して薬はもらっていますし、漢方の小青龍湯も飲むようにしています。マスクは外しませんし、服は常にはたいて部屋の中までもって入らないようにしています。掃除もしっかりして、部屋に落ちている花粉もなるべくゼロに……。

でも、それでも発症しちゃうんですよね。なんで⁉　この気持ち、ひどい花粉症の同志の方ならわかってくれるはず。ほんと、奴らの前では全てが無駄な抵抗になりますよね。

鼻の粘膜をレーザーで焼く手術をすすめられますが、あれは術後が花粉症より辛いという噂を見ましたので無理……。それ以外でぜひこれをお試しを！　という裏技を知っている方、連絡ください。来年の春、花粉を迎え撃つために、何卒宜しくお願い致します……。

謝辞です。

ただのゆきこ様。今回もありがとうございます。ただのゆきこ様が描いてくださるヒロインを見るために二巻を書いたと言っても過言ではありません。原稿を仕上げてからは、いただける挿絵にうきうきするだけの楽しい毎日でした。ありがとうございます。

編集S様。いつもいつもお世話になっております。今回もたくさんのお力添えをいただきありがとうございます。なんとか完成させることができました。ありがとうございます。

読者の皆様。パジャマ姿の美少女（略）、二巻を手に取っていただき本当にありがとうございます。みなさんは女の子のどんなパジャマが好きですか？　作中で誰かに着せたいのでぜひ教えてください。

またあとがきでお会いできることを祈っております。

叶田キズ

HJ文庫 https://firecross.jp/
1173

無防備かわいいパジャマ姿の美少女と部屋で二人きり 2

2024年7月1日　初版発行

著者——叶田キズ

発行者—松下大介
発行所—株式会社ホビージャパン

〒151-0053
東京都渋谷区代々木2−15−8
電話　03(5304)7604（編集）
　　　03(5304)9112（営業）

印刷所——大日本印刷株式会社

装丁——AFTERGLOW／株式会社エストール

Printed in Japan

ISBN978-4-7986-3581-1　C0193

ファンレター、作品のご感想お待ちしております

〒151−0053　東京都渋谷区代々木2−15−8
(株)ホビージャパン HJ文庫編集部 気付
叶田キズ 先生／ただのゆきこ 先生